Freunde für Indien

Zu diesem Buch

Pandhu, der Bürgermeister von Delhi, fürchtet um seine Wiederwahl. Seine Sekretärin Nirmala schickt ihn daher zur Inspiration auf ein Seminar über die Harmonie des Chaos. In den Bergen Österreichs lernt Pandhu einen ehemaligen buddhistischen Mönch, eine russische Eiscremefabrikantin, einen amerikanischen Cyber-Agenten, einen Pleitebankier und eine Öko-Aktivistin kennen. Gemeinsam schmieden sie einen Plan, bei dem es nicht nur um Pandhus Wahlchancen geht, sondern auch um Eisbären, Eiscreme und die Gründung einer neuen Bank. Die Umsetzung des Plans erweist sich allerdings als gar nicht so einfach und führt unter anderem zu unvorhergesehenen Reisen an ungewöhnliche und ziemlich abgelegene Orte dieser Welt.

Ulrich Landwehr

FREUNDE FÜR INDIEN

Roman

Alle Inhalte dieses Romans sind frei erfunden. Dieser Roman enthält keinerlei Tatsachenbehauptungen oder Meinungsäußerungen zu realen Personen, Institutionen, Namen, Objekten oder Ereignissen. Ähnlichkeiten mit der Wirklichkeit ändern nichts daran, dass dieser Roman ein reines Fantasieprodukt ist, keinerlei Wahrheitsgehalt beansprucht und einzig und allein als humorvolle Unterhaltung gedacht ist.

Copyright © 2017 Ulrich Landwehr
Umschlaggestaltung: Ulrich Landwehr

Herstellung und Verlag:
BoD - Books on Demand, Norderstedt
ISBN 9783744834667

1. Kapitel
Mai 2013 in Delhi

Tigertanz

Pandhu, der Bürgermeister von Delhi, saß in seinem Büro am Schreibtisch und blätterte durch einen Stapel Zeitungen. Die Klimaanlage surrte, und ein Ventilator sorgte für ein wenig Luftbewegung. Pandhu war froh über die Abkühlung, denn draußen vor den geschlossenen Fenstern des Rathauses lasteten große Hitze und gelber Smog auf der indischen Hauptstadt.

Pandhus Blick fiel auf eine der Schlagzeilen: "Tigertanz." Er zögerte kurz, dann begann er, den Artikel zu lesen: "Auch in der vergangenen Nacht versammelten sich die Anhänger der Shiva-Tigers wieder auf den Plätzen Delhis. Riesige Menschenmengen tanzten in bunten Kleidern bei Feuerschein und Trommelschlag, und es herrschte ähnlicher Trubel wie in den Nächten zuvor. Sanjay, der Anführer der Shiva-Tigers, verkündete erneut, dass die Teilnehmer an den Tänzen in ihrem nächsten Leben als Vögel wiedergeboren würden und dann in ein besseres Leben fliegen könnten."

Pandhu runzelte kurz die Stirn und las weiter: "Die Behörden erwägen, die Massentänze zu verbieten, da Hunderte Teilnehmer wegen der Strapazen ärztlich behandelt werden mussten. Sanjay wehrt sich aber gegen ein solches Verbot und vertritt den Standpunkt, dass es den demokratischen Spielregeln widersprechen würde, Kundgebungen der Shiva-Tigers zu untersagen. Denn er will in einem halben Jahr bei der nächsten Wahl des Bürgermeisters als Kandidat antreten und

sieht in den nächtlichen Tanzfesten einen Teil seines Wahlkampfes.

Sanjay kann sich dabei auf Meinungsumfragen stützen,
die belegen, dass er inzwischen gute Chancen hat, auch
tatsächlich zum Bürgermeister von Delhi gewählt zu werden.
Ein Programm mit praktikablen Lösungen für die Probleme
der Stadt kann er zwar bislang nicht vorweisen. Aber bei
vielen Menschen weckt er neue Hoffnungen.

Amtsinhaber Pandhu dagegen arbeitet derweil unauffällig
vor sich hin und steht dem Treiben Sanjays und der Shiva-
Tigers offenbar machtlos gegenüber. Er hat zwar die Hitze
und Windstille in diesem Frühjahr nicht zu verantworten,
viele Einwohner Delhis sind aber der Ansicht, dass er im
Kampf gegen die Probleme der indischen Hauptstadt gescheitert ist. Der Ausbau der Straßen, die Versorgung mit
Strom und Wasser sowie die Bekämpfung von Armut und
Kriminalität halten einfach nicht Schritt mit dem Wachstum
der Stadt. Pandhu werden daher kaum noch Chancen auf eine
Wiederwahl als Bürgermeister von Delhi eingeräumt. Anders
als Sanjay gelingt es ihm auch nicht, eigene Anhänger zu
mobilisieren."

Nirmala, Pandhus Sekretärin, trat ins Büro ihres Chefs
und verkündete: "Du musst gleich los. In zehn Minuten hast
du deine nächste Besprechung zur Verkehrsplanung."

Pandhu wies auf die Zeitung und meinte ein wenig
niedergeschlagen: "Wenn man der Presse glauben darf, dann
wird in einem halben Jahr Sanjay als neuer Bürgermeister von
Delhi hier in dieses Büro einziehen. Also kann ich mir
weitere langwierige Besprechungen zur Verkehrsplanung ja
vielleicht ersparen."

Nirmala missfiel diese Sichtweise ihres Chefs. Daher entgegnete sie: "Das darf auf gar keinen Fall passieren, dass Sanjay tatsächlich Bürgermeister von Delhi wird. Es kann doch wohl niemand diese Stadt regieren, der meint, dass die Einwohner sich in Vögel verwandeln und davonfliegen sollen. Es muss doch ein Kraut gewachsen sein gegen Sanjays Wahn. Du bist sicherlich ein besserer Bürgermeister für Delhi als Sanjay. Du musst den Wählern klarmachen, wie viel die Stadtverwaltung in den vergangenen Jahren geleistet hat."

Pandhu zuckte mit den Schultern: "Jede Woche bauen wir neue Straßen, und trotzdem werden die Staus immer länger. Die Wähler werden mir nicht mehr glauben, wenn ich ihnen verspreche, dass alles besser wird. Im Durchschnitt bleibt vom Fortschritt einfach nicht genügend übrig."

Daraufhin erwiderte Nirmala: "Sanjay würde aber Rückschritt bringen. Da Vögel keine Straßen brauchen, würde er vermutlich überhaupt keine Straßen mehr bauen."

Pandhu stöhnte: "Solange Sanjay für so viel Unfug so viel Zulauf erhält, werde ich nicht wiedergewählt."

Nirmala beschloss, ihre Sicht der Dinge deutlicher zu machen, und erklärte: "Sanjay macht nur leere Versprechungen und lenkt die Menschen vom Alltag ab, aber er hilft ihnen nicht. Was die Menschen hier wirklich brauchen, das sind Wasserwerke, Straßen und Strom. Aber es mag schon sein, dass es nicht reicht, allein mit dem Ausbau der Infrastruktur zu werben, damit du als Bürgermeister von Delhi wiedergewählt wirst. Wir müssen uns etwas einfallen lassen, damit du die Aufmerksamkeit der Menschen zurückeroberst. Du brauchst einen Weg zu den Herzen der Menschen."

Pandhu erwiderte: "Du hast ja völlig recht. Aber wie finden wir denn einen solchen Weg?"

Nirmala erklärte, sie werde sich nach einem geeigneten Plan umsehen, und Pandhu eilte zu seiner Besprechung.

Am Abend beschloss er, seine Gegner genauer zu studieren. Er malte sich sein Gesicht bunt an, band sich ein Tuch um den Kopf, hängte sich ein weiteres über die Schultern, suchte seine ältesten Sandalen hervor und begab sich ohne Geld, Ausweis oder Uhr in eines der ärmeren Viertel Delhis. Bald fand er einen der Plätze, auf denen die Shiva-Tigers und deren Anhänger zusammenkamen.

Eine Vielzahl von Menschen tanzte dort mehr oder weniger maskiert in bunten Gewändern zum Schlag Dutzender Trommeln um mehrere Müllfeuer herum. Manche der Tänzer taten sich durch besondere Ekstase hervor, sodass andere Anwesende einen Kreis um sie bildeten und sie durch Zurufe weiter anstachelten. Das Geschehen war in steter Bewegung. Es gab weder Bühne noch zentrale Organisation. Für einen Auftritt von Rednern herrschte ohnehin zu viel Lärm. Obwohl es schon nach Mitternacht war, war es immer noch drückend heiß. Die Feuer qualmten und gaben nur wenig Licht. Aber dies schien die versammelten Menschen nicht zu stören, denn der Rauch und die Dunkelheit trugen zu einer mystischen Atmosphäre bei.

Pandhu zog sein Kopftuch tiefer in die Stirn und hoffte, unerkannt zu bleiben. Angesichts seiner Gesichtsbemalung, der Dunkelheit, des allgemeinen Aufruhrs und der Tatsache, dass niemand wusste, dass er hier war, hatte er aber wenig Sorge aufzufallen.

Die vielen versammelten Menschen riefen sich gegenseitig zu: "Seht nur! Der Andrang wird von Tag zu Tag größer! Shiva-Tigers für Sanjay! Die Götter sind mit ihm! Er soll uns erlösen! Macht mehr Rauch! Lasst uns tanzen wie Vögel! Lasst uns fliegen! Wir sind die Saat! Reiche Ernte wird kommen! Dafür tanzen wir, nicht nur heute, sondern auch morgen und übermorgen!"

Pandhu sah in das Spiel aus Dunkelheit, Farben und Qualm. Er spürte die Energie dieses Fests und die Sehnsucht der Teilnehmer nach Rausch. Aber sein Verstand rebellierte gegen dieses archaische Spektakel, und er dachte: "Wenn die Menschen doch bloß mit der gleichen Energie, mit der sie hier tanzen, die Probleme des Alltages lösen würden, dann gäbe es in einigen Monaten kein Verkehrschaos, keinen Wassermangel und keine Stromausfälle mehr in Delhi."

Am nächsten Morgen nahm Pandhu ernüchtert zur Kenntnis, dass Sanjay und dessen Shiva-Tigers wieder die Berichterstattung der Presse dominierten. Er las: "Beim Trauerzug für einen seiner Anhänger, der sich zu Tode getanzt hatte, wies Sanjay gestern Vormittag auf einen Vogel am Himmel. Er sagte, der Verstorbene sei nun dieser Vogel und flattere jetzt allem irdischen Leid davon. Weitere Vögel würden über der Stadt erscheinen und gleichfalls aus Delhi davonfliegen.

Später wurde Sanjay dann gefragt, ob sein Wahlkampf für das Amt des Bürgermeisters nicht auf Illusionen und abwegigen Versprechungen beruhe. Sanjay widersprach energisch und betonte, vorrangig für ihn sei eben nicht der Ausbau der Kanalisation, sondern der Mut zur Hoffnung. Mit den erwachenden Energien der Shiva-Tigers könne er auch für eine bessere Versorgung mit Strom und Wasser spielend mehr erreichen als Bürgermeister Pandhu. Seine Ausführungen krönte Sanjay schließlich mit der Feststellung, Bürgermeister Pandhu sei für ihn nichts weiter als die Negation allen Wandels."

Pandhu blickte von der Zeitung auf, sah zum Fenster und seufzte: "Ich sollte weniger Zeitung lesen. Wahrscheinlich ist es morgen wieder so, dass Sanjay sich auf Seite 1 breitmacht und die Arbeit der Stadtverwaltung erst auf Seite 7 neben irgendwelchen Straftaten erwähnt wird."

Pandhu bat Nirmala, seinen Kleinbus vorfahren zu lassen, und machte sich auf den Weg zur Einweihung einer neuen Brunnenanlage.

2. Kapitel
Mai 2013 in Delhi

Die Harmonie des Chaos

Nirmala recherchierte derweil im Internet. Sie war auf der Suche nach geeigneten Veranstaltungen oder Seminaren für durch Abwahl gefährdete Bürgermeister einer Großstadt. Sie druckte sich einige Angebote aus, und als Pandhu wieder einmal zu einem Termin verschwunden war, legte sie diese vor sich auf den Tisch und begann zu blättern.

Die erste Überschrift, die ihre Neugier weckte, war: "Heiliges Bad."

Nirmala las: "Nichts ist so wirksam gegen Unrat wie ein gutes Bad. Ein gutes Bad imprägniert gegen das Böse. Selbstverständlich kommt es dabei auf die Reinheit des Wassers an. Mit schmutzigem Wasser ist noch keiner sauber geworden. Daher lohnt es sich, in möglichst reinem Wasser zu baden.

Im Hochland von Tibet liegt in einer Höhe von fast fünftausend Metern der heilige See Manasarovar am Fuße des heiligen Berges Kailash. Dort können Sie materiell und spirituell im reinsten Wasser baden. Die Temperatur des Wassers beträgt zwar nur drei Grad. Wir werden Sie aber in einem Sauna-Boot in die Mitte des Sees fahren, sodass Sie das gründlichste Bad Ihres Lebens mit geöffneten Poren herbeisehnen werden.

Auch sonst wird während des fünftägigen Aufenthaltes alles für Ihr Wohlergehen getan. Sie übernachten im Luxusressort Manasarovar Inn mit spektakulärem Blick über den See und auf den heiligen Berg Kailash. Eine ergänzende Versorgung mit Sauerstoff steht selbstverständlich ständig bereit. Damit Sie das Manasarovar Inn innerhalb weniger Stunden erreichen können, holen wir Sie mit dem Helikopter von jedem beliebigen Landeplatz in Tibet, Nepal oder Nord-Indien ab.

Veranstaltungsort: Manasarovar, Tibet.

Kosten: 30.000 US-Dollar."

Nirmala dachte: "Verdammt teuer für eine kaltes Bad."

Sie sah weiter durch die Seminarangebote und fand einen zweiten Titel interessant: "Mit den Aborigines durch das Outback."

Nirmala las: "Alle reden über Ganzheitlichkeit. Aber wenige haben Erfahrung mit Ganzheitlichkeit, die über Mülltrennung, Flaschenpfand oder einen Sonnenuntergang am Meer hinausgeht. Wenn Sie mit den Aborigines durch das Outback ziehen, werden Sie die vielleicht einzige wahrhaft ganzheitliche Erfahrung Ihres Lebens machen.

Das Abenteuer beginnt damit, dass Sie nach Ihrer Ankunft in Australien alle mitgebrachten Gegenstände (inklusive Kleidung, Pass, Ehering) abgeben müssen. Sie werden dann geschwärzt (mit einer Halbwertszeit von einer Woche) und erhalten eine traditionelle Ausrüstung, wie sie die Aborigines verwenden. Schließlich werden Sie an einen Ihnen unbekannten Ort im Outback geflogen und warten dort eine unbestimmte Zeit auf die Gruppe von Aborigines, die dann mit Ihnen zwei Wochen lang durch das Outback ziehen wird. Am Ende der Reise werden Sie an einer regelmäßig befahrenen Piste abgesetzt. Von dort können Sie zurück in die Moderne trampen.

Ihre Referenten sind die Mitglieder des Wollonguru-Stammes. Sie haben bereits mehr als dreihundert Fremde durch das Outback geführt. Nur fünf der Teilnehmer sind im Outback geblieben.

Das sagen die Teilnehmer:

Terry: Die Ernährung ist zwar gewöhnungsbedürftig, aber interessant und bietet eine gute Ablenkung von Sonnenstich und Schlangenbiss.

Lennart: Eine Traumzeit!

Veranstaltungsort: Outback, Australien.

Kosten: Nur die Kosten der Anreise. Übernachtung im Freien mit Vollpension. Am Ende der Veranstaltung erhalten Sie die Nummer eines Spendenkontos."

Nirmala dachte: "Ach nein. Das kann ich Pandhu nicht zumuten. Ob Erfahrungen aus dem Outback für Delhi nützlich sind, ist auch eher fraglich."

Sie blätterte erneut in den Angeboten, und ihr Blick fiel auf einen weiteren Titel: "Die Harmonie des Chaos."

Nirmala las: "Erscheint Ihnen Ihr Leben chaotisch? Vermissen Sie Harmonie?

Dann könnte es sein, dass Sie die falsche Einstellung haben. Sie sollten das Chaos als die Macht erkennen, die alle Grenzen überwindet. Das Chaos hebt die Individualität auf, wenn das Individuum es am wenigsten will. Das Chaos ignoriert den Willen. Im Chaos werden die Menschen miteinander und mit dem Universum vereint. Das Chaos beinhaltet alle Möglichkeiten und alle Energien des Universums.

Und eine der stärksten Energien im Chaos ist die Harmonie.

Stellen Sie sich Ihrem Chaos! Tauchen Sie ein in das universale Chaos! Wachsen Sie im Chaos! Erkennen Sie die unendlichen Möglichkeiten des Chaos! Finden auch Sie die Harmonie im Chaos! Lassen Sie im Chaos das Gute gedeihen und Früchte tragen! Tanzen Sie mit den Energien des Universums!

Das dreitägige Seminar dient dem gepflegten und entspannten Erfahrungsaustausch zwischen den Teilnehmern. Besondere Voraussetzungen für eine Teilnahme bestehen nicht. Jeder, der ein bisschen Chaos und ein wenig Sehnsucht nach Harmonie mitbringt, ist herzlich willkommen.

Ihr Referent ist der ehemalige Mönch Dönpo aus Bhutan. Dönpo ist ein leuchtendes Vorbild für die Harmonie im Chaos, lebt seit vielen Jahren in Wien und hat inzwischen mehr als zweitausend Schüler in der Harmonie des Chaos unterwiesen.

Von Teilnehmern gab es folgende Kommentare:

Präsident Clinton: I did not have chaos with this lama.

Theo: Ich werde das Chaos vorübergehend ruhen lassen. Ich bin mir nun auch nicht mehr sicher, dass ich zu keiner Zeit Chaos vorsätzlich erzeugt haben kann.

Veranstaltungsort: Berghotel Bad Zwergerl, Nationalpark Obere Wipfel, Österreich.

Kosten: 1.900 Euro. Unterbringung im Vier-Sterne-Hotel mit Vollpension. Anreise in Eigenregie."

Nirmala war sofort überzeugt: "Das ist es! Wenn das nicht hilft, hilft nichts."

Als Pandhu am nächsten Morgen ins Büro kam, verkündete Nirmala daher strahlend: "Ich weiß jetzt, wie wir ein paar neue Ideen für deinen Wahlkampf bekommen. Ich schicke dich auf ein Seminar über die Harmonie des Chaos. Im Seminarprospekt steht, dass das Chaos alle Möglichkeiten und alle Energien des Universums beinhaltet. Das heißt dann ja wohl, dass es im Chaos auch Möglichkeiten und Energien für deine Wiederwahl gibt. Also musst du das unbedingt genauer erkunden."

Pandhu war neugierig: "Wann und wo soll dieses Seminar denn stattfinden?"

Nirmala antwortete: "In einer Woche in Österreich."

Daraufhin fragte Pandhu erstaunt: "Ich soll nach Österreich reisen?"

Nirmala erwiderte: "Warum nicht? Dort soll es so schön sein wie in Kaschmir. Abgesehen davon vermute ich, dass du der einzige Inder in diesem Seminar sein wirst. Du kannst dort also völlig unbefangen über den Wahlkampf in Delhi sprechen und neue Ideen sammeln. Und falls du nun überlegst, was während deines Aufenthaltes in Österreich aus deinen Verpflichtungen in Delhi werden soll, kann ich dir sagen: Darum kümmere ich mich bereits. Du wirst an diesen Tagen keine Termine mehr hier haben."

Daraufhin fragte Pandhu, ob Nirmala etwa schon für ihn gebucht habe. Als sie daraufhin gut gelaunt nickte, amüsierte er sich über ihre Entschlossenheit und ließ Bedenken gar nicht erst in sich aufsteigen. Lächelnd stellte er fest: "Erfahrungsgemäß ist es nicht sinnvoll, sich deinem entschiedenen Rat zu widersetzen."

Nirmala erwiderte fröhlich: "Das sehe ich auch so."

3. Kapitel
Mai 2013 in Österreich

Bad Zwergerl

Eine Woche später war der Tag der Reise nach Österreich gekommen. Pandhu hatte seine Sachen gepackt, stand in seinem Büro und sagte zu Nirmala: "Ich bin dann mal weg. Oder gibt es irgendetwas, das ich vor meiner Abreise noch in Delhi erledigen sollte?"

Nirmala verneinte dies, und Pandhu fragte scherzhaft: "Wer führt denn nun in den nächsten Tagen die Amtsgeschäfte?"

Nirmala antworte lächelnd, das werde sie übernehmen, woraufhin Pandhu meinte: "Hier wird also alles ganz normal weiterlaufen wie sonst auch, und kaum einer wird merken, dass ich nicht da bin. Wie kann ich dir bloß dafür danken?"

Nirmala antwortete: "Du könntest mir eine Packung Mozart-Kugeln mitbringen. Mozart-Kugeln würde ich wirklich gerne einmal probieren."

Pandhu erwiderte: "Ihr Wunsch ist mir Befehl, Frau Bürgermeisterin."

Dann verließ er das Rathaus und ließ sich in seinem klimatisierten Kleinbus durch den Staub und die flirrende Hitze Delhis zum Flughafen bringen. Er betrachtete das geschäftige Treiben der Menschen und hoffte, dass die Götter seiner Reise Glück bescheren würden. Denn ihm war völlig klar, dass er noch allerhand Glück brauchen würde, um in einem halben Jahr als Bürgermeister wiedergewählt zu werden. Dass er in den vergangenen Jahren die Probleme

Delhis gelöst hatte, konnte er den Wählern nicht so einfach erzählen.

Um mehr über die herrschende Stimmung zu erfahren, fragte er seinen Fahrer: "Sind die Fortschritte Delhis nicht beeindruckend?"

Der Fahrer erwiderte nüchtern: "Die Geschäfte müssen bombig laufen. Der Smog ist so dicht wie noch nie."

Daraufhin räumte Pandhu ein: "Nun ja. Die Luft könnte ein bisschen sauberer sein. Aber sonst fehlt uns doch eigentlich nichts in Delhi, oder?"

Der Fahrer erwiderte: "Wir haben alles, was uns nach dem Willen der Götter zusteht. Und wer mehr erwartet, der ist auf dem falschen Weg."

Pandhu erkundigte sich, welche Ansichten sein Fahrer im Hinblick auf Sanjay hatte, und der Fahrer antwortete: "Sanjay ist unübersehbar. Den kann man nicht so einfach ignorieren. Der ist wie Blitz und Donner."

Schließlich kamen die Gebäude des Flughafens in Sichtweite, und der Fahrer wollte wissen: "Mit welcher Airline fliegen Sie denn?"

Pandhu antwortete, dass ihn die österreichische Fluggesellschaft nach Wien bringen werde. Er wurde von seinem Fahrer am richtigen Terminal abgesetzt, begab sich auf den Weg zum Flugzeug und fand schließlich auch seinen Platz in der Business-Class der richtigen Maschine.

Eine österreichische Stewardess begrüßte ihn: "Wir freuen uns, den Bürgermeister von Delhi zu Gast zu haben. Wir hoffen, Sie werden zufrieden sein."

Pandhu erhielt von der Stewardess ein rot-weiß gestreiftes Kissen und eine mit goldener Schrift bedruckte Speisekarte und begann, sich über die Auswahl an Gerichten zu informieren. Neben einigen indischen Speisen gab es auch ein österreichisches Menü, das aus Nudelsuppe, Forelle mit Wirsing und einem Stück Sacher-Torte bestand. Neugierig beschloss er, dieses Menü zu wählen.

Da er einen Fensterplatz hatte, ließ Pandhu nach dem Start seine Blicke noch eine Weile über den trockenen und dicht besiedelten Norden Indiens wandern. Dann richtete er seine Gedanken nach vorne: "Nun reise ich also nach Bad Zwergerl in Österreich, um ein Seminar über die Harmonie des Chaos zu besuchen. Hoffentlich weiß ich nach dem Seminar, wie ich Sanjay und dessen Shiva-Tigers wirksamer als bisher entgegentreten kann. Irgendwie muss ich die Einwohner Delhis beeindrucken. Dann lassen sie sich vielleicht nicht mehr so leicht von Sanjays Wahn anstecken."

Das österreichische Menü schmeckte ihm gut. Für einen kurzen Moment stellte er sogar die Überlegenheit der indischen Küche in Frage. Dann sagte er sich aber: "Sogar die Briten mussten einsehen, dass kein anderes Volk so gut kochen kann wie die Inder."

Beim Anflug auf Wien betrachtete Pandhu das Farbenspiel der unter ihm liegenden Landschaft. Neben dunkelgrünem Wald sah er hellgrüne Felder, einen Fluss, einen großen silbergrau schimmernden See, viele kleine Häuser und in der Ferne weiße, schneebedeckte Alpen-Gipfel. Der Anblick gefiel ihm, und seine Vorfreude auf die kommenden Tage stieg.

Nach der Landung suchte er sich am Wiener Flughafen ein Taxi. Höflich erkundigte sich der Fahrer: "Wohin darf ich Sie denn bringen?"

Pandhu antwortete: "Ich möchte bitte nach Bad Zwergerl zum dortigen Berghotel."

Der Taxifahrer erwiderte: "Oh, das ist ein hübsches Hotel in einer sehr schönen Gegend. Da bringe ich Sie gerne hin. Ich nehme mal an, Sie waren noch nicht dort. Zumindest sehen Sie nicht so aus, als ob Sie hier bei uns zu Hause sind. Aus welchem Land kommen Sie denn?"

Als der Taxifahrer hörte, dass sein Gast aus Indien kam, meinte er: "Ich habe gehört, dass es in Indien viele Götter und viel Armut gibt."

Pandhu bestätigte: "Ganz falsch ist das nicht. Indien ist ein großes Land. Da gibt es von vielem viel. Jedenfalls gibt es viele Menschen in Indien, ungefähr hundertmal so viele wie in Österreich."

Der Taxifahrer entgegnete ein wenig besorgt: "Und Sie sind also einer von diesen unzähligen Indern? Bringen Sie bloß nicht all Ihre Landsleute hierher. Wir haben zwar eine ganze Menge Hotelbetten in Österreich, aber ich glaube nicht, dass es reichen würde, um all Ihre Mitbürger hier zu beherbergen. Was machen Sie denn so? Export, Import?"

Pandhu antwortete: "Nicht wirklich. Aber ich würde schon ganz gerne etwas aus Österreich nach Indien mitnehmen. Es geht allerdings nicht um Waren, sondern eher um Ideen."

Der Taxifahrer erwiderte: "Ach, so einer sind Sie. Von solchen wie Ihnen habe ich schon gehört. Erst nehmen Sie unsere Ideen mit in die große, weite Welt, und ein Jahr später haben wir in Österreich keine Arbeit mehr. Also: Von mir kriegen Sie keine Ideen."

Daraufhin erläuterte Pandhu: "Mir geht es aber nicht um Ideen für Produkte, sondern um Ideen für die Politik. Vielleicht lassen sich in Österreich ja ein paar Erkenntnisse für eine erfolgreiche Politik in Indien gewinnen."

Der Taxifahrer erwiderte: "Politische Ideen haben wir hier nicht. Zumindest nicht nach meiner Kenntnis. Zumindest nicht seit einigen Jahrzehnten. Mag sein, dass wir hier früher einmal politische Ideen hatten. Aber so gut, dass man die in Indien nachahmen muss, waren die auch wieder nicht."

Dann schwieg der Taxifahrer.

Nachdem sie eine Weile die Autobahn benutzt hatten, ging die Fahrt auf schmalen, kurvigen Straßen weiter in hügeliges Land. Oft war die Straße von einem Baldachin aus Blättern überwölbt, unter dem Lichtpunkte über den Asphalt tanzten. Dieser Anblick inspirierte Pandhu zu seiner ersten Idee auf österreichischem Boden. Er dachte: "Man könnte Lichtpunkte an den staubigen Himmel über Delhi projizieren. Das kostet nicht viel, und damit lassen sich sogar Botschaften unters Volk bringen."

Auf dem Weg bergan öffneten sich abwechselnd Ausblicke auf das Flachland und auf umliegende Anhöhen. Es ging vorbei an weißen Bauernhöfen mit Holzdächern und Weiden voller Kühe und Schafe. Dann fuhren sie durch einen dichten Nadelwald, und schließlich lag nach einer Kurve ein Berghang mit einer großen grünen Wiese vor ihnen. Der Taxifahrer sagte: "Wir sind da. Das Haus oberhalb der Wiese ist das Berghotel Bad Zwergerl."

Das Berghotel war nicht sonderlich groß und schien nur aus Erkern, Türmchen und Giebeln und mit bunten Blumen geschmückten Balkonen zu bestehen. Wie ein Märchenschloss lag es in der idyllischen Landschaft. Zufrieden stellte Pandhu fest: "Das gefällt mir!"

Nachdem sie beim Hotel vorgefahren waren, beglich er eine Taxirechnung, für die er in Delhi eine Woche lang einen Wagen mit Fahrer hätte mieten können, und das Taxi verschwand.

Er blieb noch eine Weile vor dem Eingang des Hotels

stehen und ließ das weite, friedliche Alpen-Panorama auf sich wirken. Dann ging er hinein, und ein Zimmer in rustikalem Stil wurde ihm zugewiesen. Er aß im Hotelrestaurant zu Abend und verbrachte eine ruhige Nacht. Die Stille und die klare, frische Bergluft ließen ihn tief und fest schlafen.

4. Kapitel
Mai 2013 in Österreich

Bakterien

Am nächsten Morgen ließ sich Pandhu von einem Angestellten des Hotels den Weg zu dem Raum weisen, in dem das Seminar stattfinden sollte. Sechs Personen versammelten sich dort und setzten sich auf die in Form eines Kreises angeordneten Stühle.

Angesichts der dunkleren Gesichtsfarbe, die seiner eigenen ähnelte, hatte Pandhu gleich richtig vermutet, wer der Seminarleiter aus Bhutan sein musste.

Dönpo ergriff das Wort und verkündete: "Ich heiße euch herzlich willkommen in Bad Zwergerl zu unseren drei gemeinsamen Tagen über die Harmonie des Chaos.

Mein Name ist Dönpo. Ich stamme ursprünglich aus Bhutan. Dort wurde ich als Kind in einem Kloster auf ein Leben als buddhistischer Mönch vorbereitet. Ich bin aber im Alter von zwanzig Jahren aus dem Kloster geflüchtet und dann ein paar Jahre lang um die Welt gereist. Ich habe in Australien Schafe geschoren, in Finnland Rentiere gehütet und in Alaska nach Gold gegraben. Schließlich bin ich nach Wien gelangt. Hier habe ich Pädagogik studiert, dabei meine

Frau Maximiliane kennengelernt, und hier lebe ich nun zusammen mit ihr und unseren vier Kindern.

Seitdem ich in Wien bin, erwarten die Österreicher seltsamerweise von mir, dass ich ständig mit schlauen Sprüchen um mich werfe. Daher habe ich es zu meinem Broterwerb gemacht, Seminare über die Harmonie des Chaos abzuhalten. Und da die Nachfrage nicht abreißt, ist dies bereits meine dreihundertsiebte Unterweisung in die Harmonie des Chaos. Sogar Präsident Clinton war schon da, nach Ende seiner Amtszeit.

Wie ihr bereits der Broschüre entnehmen konntet, geht es bei diesem Seminar um einen gepflegten und entspannten Austausch von Erfahrungen. Der Verzehr von Würmern und das Austeilen von Unhöflichkeiten sind eigentlich nicht vorgesehen. Mit besonders hohen Anforderungen werdet ihr also nicht konfrontiert. Wenn ihr ein bisschen Chaos und ein wenig Sehnsucht nach Harmonie mitbringt, seid ihr hier richtig. Wenn ihr dagegen meint, dass ihr frei von Chaos seid und es hier in Bad Zwergerl um Kampf und Sieg geht, dann fallt ihr ein wenig aus dem Rahmen. Aber auch Härtefällen konnte schon geholfen werden.

Wir wollen in diesem Seminar die Gegenwart des Chaos klar erkennen. Und wir wollen Einklang mit den Energien des Chaos suchen. Das mag ein wenig ungewöhnlich klingen. Bei genauer Betrachtung handelt es sich dabei aber um eine völlig selbstverständliche und alltägliche Übung.

Beginnen wir also nun zunächst mit einer kleinen Vorstellungsrunde. Wer seid ihr? Und warum seid ihr hier? Fangen wir zu meiner Rechten an."

Daraufhin stellte sich die Teilnehmerin, die rechts neben Dönpo saß, vor: "Guten Morgen. Mein Name ist Larissa. Ich komme aus Russland, wohne in Moskau und bin Unternehmerin.

Mir gehört die viertgrößte Produktion von Speiseeis in Russland. Mein Unternehmen heißt Baikal-Eis. Der Name dürfte im Ausland aber kaum bekannt sein, da Baikal-Eis fast ausschließlich für den russischen Markt produziert.

Vor drei Monaten ist die Produktion von Baikal-Eis allerdings sabotiert worden. Irgendjemand hat meine Eiscreme mit Bakterien verunreinigt. Leider ist dies erst aufgefallen, als die ersten Kunden an Durchfall erkrankt sind. Daraufhin wurde die Produktion für fünf Wochen stillgelegt. Es gab umfangreiche Ermittlungen durch das Gesundheitsamt und die Polizei. Verdächtige Eimer mit Spuren von Bakterien wurden gefunden. Aber es ist immer noch unklar, wer für die Sabotage verantwortlich ist. Seit acht Wochen läuft die Produktion nun wieder. Aber die Kunden kaufen längst nicht mehr so viel wie vor dem Malheur.

Ob meine Eiscremeproduktion auch in Zukunft noch die viertgrößte in Russland sein wird, ist also keineswegs sicher. Falls es mir nicht gelingt, den Umsatz zu stabilisieren, oder falls die Produktion erneut sabotiert wird, muss ich um den Fortbestand meines Unternehmens fürchten.

Ich bringe also allerhand Chaos mit und sehne mich nach Rückkehr zu etwas mehr Harmonie.

Das soll vorerst genügen zu meiner Person. Mein Nachbar darf weitermachen."

Der nächste Teilnehmer stellte sich vor: "Mein Name ist Franz. Ich bin Österreicher. Die meisten Jahre meines Lebens habe ich in Wien verbracht. Aber nun lebe ich in der Steiermark. Anders als Larissa bin ich kein Unternehmer, sondern ich war Unternehmer.

Genau genommen war ich Unternehmer in der sechsten Generation. Bis vor vier Jahren gehörte mir eine kleine, aber feine österreichische Privatbank, die 1860 von meinen Vorfahren gegründet wurde. Wir waren also bereits zu Kaisers Zeiten im Geschäft, und schon damals lag ein Schwerpunkt unserer Aktivitäten in Ost-Europa. Auch als unser Kontinent durch den Eisernen Vorhang geteilt war, hatten wir gute Kontakte zum Osten. Das hat uns sehr geholfen, als es zur Öffnung des Ostblocks kam. Seither ging es mit der Bank nämlich kräftig aufwärts, und wir haben viele Kredite nach Ost-Europa vergeben.

Als die Finanzkrise tobte, ist dann aber leider mit einer Reihe von Krediten auch der Traum meiner Vorfahren geplatzt. Ich musste meine Bank für den symbolischen Preis von einem Euro an eine irische Bank verkaufen. Wenn ich das nicht gemacht hätte, wäre es zu Konkurs, Zerschlagung und Prozess gekommen. Vielleicht säße ich dann jetzt sogar hinter Gittern. Aber so, wie es gelaufen ist, hat die irische Bank nicht nur alle faulen und nicht-so-faulen Kredite, sondern auch alle Haftungsrisiken übernommen.

Nun ist mein Ruf zwar ruiniert und meine Vorfahren spuken durch meine Träume, aber ansonsten habe ich ein nettes, ruhiges Leben auf meinem Schlösschen in der Steiermark, Baujahr 1884. Ich lese jetzt alle mehr oder weniger geistreichen Schriften, die mir in die Hände fallen, und suche den Sinn meiner gerupften Existenz. Dadurch bin ich auch auf dieses Seminar gestoßen. Ich habe mich in der Hoffnung angemeldet, dass auch die anderen Teilnehmer ein bisschen Chaos mitbringen und ich mich nicht allzu sehr für geschäftliches oder gar moralisches Versagen rechtfertigen muss.

Mit dir, liebe Larissa, fühle ich mich jedenfalls schon recht wohl, solange du dich nicht als rachsüchtige, ihrer

Ersparnisse beraubte ehemalige Moskauer Kundin entpuppst. Mir scheint, Bakterien in Eiscreme passen zu meiner Pleite.

Und damit gebe ich das Wort weiter und bin gespannt, wie viel Chaos mein Nachbar zu bieten hat."

5. Kapitel
Mai 2013 in Österreich

Cyber-Minen

Pandhu war an der Reihe, nannte seinen Namen und erwähnte seine Rolle als Bürgermeister von Delhi. Freudig unterbrach ihn Franz: "Das klingt auch nach Chaos."

Leicht irritiert fragte Pandhu zurück: "Warst du denn schon einmal in Delhi?"

Franz erwiderte abwehrend: "Gott bewahre!"

Pandhu beschloss, ein bisschen Werbung für seine Heimat zu machen: "Besuch uns einmal! Für mich ist Delhi die schönste Stadt der Welt."

Franz ließ aber nicht locker und suchte nach Bestätigung für seine Vorurteile über das Chaos in Delhi. Pandhu räumte daraufhin die Existenz einiger Herausforderungen in seiner Heimatstadt ein.

Franz bohrte weiter: "Bei einer Stadt von der Größe Delhis sind das bestimmt riesengroße Probleme."

Leicht verstört entgegnete Pandhu: "Ich bevorzuge es, die Probleme Delhis nicht noch größer darzustellen, als sie ohnehin schon sind. Ich bin seit bald vier Jahren Bürgermeister dieser Stadt. Die Verantwortung für die Lage in Delhi liegt also vermutlich zum Teil auch bei mir."

Franz schlug die Hände über dem Kopf zusammen und erwiderte: "Verantwortung für Probleme? Von einer solchen Formulierung würden alle Juristen, die ich kenne, dringend abraten. Ich habe immer strikt vermieden, derartige Worte in den Mund zu nehmen. Zum einen können solche Formulierungen zu ungeahnten Ansprüchen wildfremder Menschen führen, und zum anderen haben sie eine beunruhigende moralische Komponente. Aber auch wenn du tatsächlich für irgendetwas verantwortlich sein solltest, bestärkt mich das im Grunde nur in meiner Zuversicht, dass du als Bürgermeister von Delhi ein für mein Wohlbefinden voll ausreichendes Maß an Problemen mitbringst."

Pandhu war ein wenig betrübt darüber, dass Franz Delhi ausschließlich mit Problemen zu assoziieren schien, und beschloss, die Fortschritte seiner Stadt zu preisen: "Die Lebensqualität in Delhi wächst kontinuierlich. Wir haben unzählige Wasserwerke, Stromleitungen und Straßen gebaut, neue Unternehmen angesiedelt, die Einkommen gesteigert, Beistand für die Ärmsten etabliert, der Kriminalität den Kampf angesagt ..."

Franz fiel ihm ins Wort: "Tut mir leid, dass ich unterbreche. Aber meine Ohren reagieren ein wenig empfindlich auf gute Taten. Lass uns doch lieber bei den Problemen bleiben!"

Also erzählte Pandhu von seiner eigenen schwierigen Lage: "In einem halben Jahr findet in Delhi die nächste Wahl für das Amt des Bürgermeisters statt. Ich werde mich erneut zur Wahl stellen und für eine zweite Amtszeit kandidieren. Vor einigen Monaten war ich auch noch recht zuversichtlich, dass die Einwohner von Delhi mich wiederwählen. Aber seit zwei Monaten habe ich einen Gegenkandidaten mit geradezu magischem Zulauf. Er heißt Sanjay. Auf sein Betreiben hin finden gegenwärtig jede Nacht riesige Tanzfeste in Delhi statt. Sanjay verspricht den Teilnehmern eine Wiedergeburt als Vogel und damit die Möglichkeit, aus allem Elend davonzufliegen. Obwohl Sanjay den Menschen kaum eine Perspektive für das Hier und Heute bietet, scharen sich die Massen um ihn. Sanjays Kampagne profitiert wohl auch davon, dass in diesem Frühjahr ungewöhnlich große Hitze und Trockenheit das Leben in Delhi zusätzlich erschweren. Es gibt mehr Smog durch den Verkehr, weniger Wasser für die Haushalte, mehr Stromverbrauch durch Klimaanlagen, mehr Gestank durch Müll, mehr Krankheiten. Und die angespannte Stimmung erhöht auch die Kriminalität.

Jedenfalls ist Sanjay zum neuen Guru von Delhi avanciert. Und in mir sieht man nur noch einen bemühten, aber erfolgsarmen Bürokraten. Also hat meine Sekretärin Nirmala mich hierher geschickt, damit ich ein Kraut gegen Sanjay finde."

Damit gab Pandhu das Wort weiter, und der Nächste im Kreise stellte sich vor: "Mein Name ist John. Ich lebe in den Vereinigten Staaten und betreibe einen Campground in Arizona, nicht weit entfernt vom Grand Canyon.

Das mache ich aber erst seit einem Jahr. Davor war ich Mitarbeiter der CIA. Ich habe dort als Cyber-Agent gearbeitet. Cyber-Agenten sind Leute, die sich im Auftrag der Regierung in feindliche Daten einhäcken.

Vor einiger Zeit waren wir auf der Spur eines in Venezuela geschmiedeten Komplotts. Venezuela verfügt über große Erdölvorkommen und befindet sich im Dauerzwist mit den Vereinigten Staaten. Seit Langem möchte Venezuela den Ölpreis gerne weiter nach oben treiben, um einerseits die eigenen Einnahmen zu steigern und andererseits den USA zu schaden.

Deshalb hat der venezolanische Geheimdienst Computerviren in die Datennetze einiger großer amerikanischer, europäischer und arabischer Mineralölkonzerne geschmuggelt. Wenn diese Viren aktiviert werden, kommt es in den betroffenen Unternehmen zu massiven Störungen der Produktion. Das Erdölangebot sinkt, und der Ölpreis steigt, wie von Venezuela gewünscht. Die Computerviren sind also virtuelle Minen. Und deshalb gibt es bei der CIA ein Kommando zum Aufspüren und Räumen solcher Cyber-Minen. Dort habe ich gearbeitet.

Wir sind den Venezolanern auf die Spur gekommen. Nachdem wir das Minenfeld in den Datennetzen der Mineralölkonzerne entdeckt hatten, haben wir begonnen, die Computerviren zu beseitigen. Das war anfangs auch recht einfach. Aber der venezolanische Geheimdienst hat gemerkt, dass wir seine Minen deaktivieren, und hat begonnen, sie besser zu tarnen. Dadurch wurde unsere Arbeit beim Räumen der Minen immer riskanter.

Im Grunde läuft es wie im Kino: Man rätselt, welche Verbindung zuerst durchtrennt werden muss, um zu verhindern, dass die Bombe detoniert. Cyber-Agenten der CIA entschärfen Computerviren und virtuelle Minen allerdings nicht vor Ort mittels Schraubenzieher und Kneifzange, sondern vom CIA-Hauptquartier aus über Computerbefehle.

Aber irgendwann ist es dann passiert: Ich habe versucht, venezolanische Computerviren auf den Systemen einer Förderanlage in Texas unschädlich zu machen. Leider ist mir dies nicht gelungen. Stattdessen habe ich die Viren aktiviert. Die virtuelle Mine ist also hochgegangen. Die Computersysteme zur Steuerung der Ölförderung sind völlig außer Kontrolle geraten, und schließlich ist die ganze Anlage in einer riesigen Explosion in die Luft geflogen.

Das ist an sich schon eine schlimme Sache, aber es hatte auch Konsequenzen für mich: Es gibt nämlich bei der CIA einen Ehrenkodex, der besagt, dass jeder Cyber-Agent, der feindliche Computerviren aktiviert, als tot betrachtet wird. Der Cyber-Agent wird so behandelt, als sei er höchstpersönlich auf eine reale Tellermine getreten. Ich wurde also vom Dienst suspendiert."

Franz warf ein: "Ich glaube, ich habe von dem Vorfall gehört. Wenn ich mich recht erinnere, dann ist der Eigentümer der zerstörten Förderanlage sogar ein prominenter amerikanischer Politiker, nicht wahr?"

John wich einer klaren Antwort aus: "Am besten betrachtet ihr das, was ich eben beschrieben habe, einfach nur als ein fiktives Beispiel für meine frühere Arbeit. Über tatsächliche Einsätze darf ich nicht sprechen. Aber es entspricht den Tatsachen, dass ich als Cyber-Agent bei der CIA gearbeitet habe, vom aktiven Dienst suspendiert wurde und nun einen Campground in Arizona betreibe.

Chaos habe ich in meinem Leben wahrlich schon genug gesehen. Und wenn es mir gelänge, in all dem Chaos etwas mehr Harmonie zu erkennen, so wie es der Seminartitel verspricht, wäre das sicherlich eine gute Hilfe für mich und meinen Seelenfrieden. Vielleicht gelänge es mir dann besser, mich in mein ruhiges neues Leben als Campground-Manager einzufügen und mit der großartigen Landschaft des amerikanischen Westens zu verschmelzen.

Um meine Wiedereingliederung in ein normales Leben zu unterstützen, übernimmt der amerikanische Staat sogar die Kosten für meine Teilnahme an diesem Seminar. Ihr braucht aber nicht zu befürchten, dass ich den Auftrag habe, russische Unternehmerinnen, österreichische Bankiers oder indische Bürgermeister auszuspionieren."

Franz erwiderte gelassen: "Bei mir gibt es ohnehin nichts mehr zu spionieren. Meine Geheimnisse liegen inzwischen alle gut verschlossen in irischen Banktresoren. Also von mir aus darf hier auch ein suspendierter Cyber-Agent, der auf eine Cyber-Mine gelatscht ist und daher cyber-tot ist, teilnehmen."

6. Kapitel
Mai 2013 in Österreich

Ein roter Porsche

Die Letzte in der Runde stellte sich vor: "Amanda ist mein Name. Ich bin Vorsitzende des Vereins für die Engadiner Alpen-Flora und Mitglied im Präsidium der schweizerischen grünen Partei. Und ich frage mich, ob ich im falschen Seminar gelandet bin. Ich dachte, ich könnte mich hier über Argumente für Umweltschutz, soziale Verantwortung und individuelles Engagement austauschen."

Franz reagierte mit blankem Entsetzen und rief: "Eine Öko-Aktivistin aus der Schweiz! Das darf doch wohl nicht wahr sein! Wir können uns hier doch nicht gleichzeitig mit entwurzelten schweizerischen Kräutern und explodierenden texanischen Ölförderanlagen beschäftigen. Für den einen oder anderen mag es ja vielleicht ein Problem darstellen, wenn ein Schneeglöckchen den Kopf hängen lässt. Aber das kann man doch nicht mit meiner Bankpleite oder den Problemen in Delhi vergleichen."

Amanda erwiderte spitz: "Es geht bei meiner Arbeit aber nicht nur um Schneeglöckchen, sondern um die Natur insgesamt. Auch Naturschutz ist eine wichtige Aufgabe, vielleicht sogar die größte von allen. Wenn wir es nicht schaffen, die ökologischen Grundlagen des Lebens zu erhalten, dann brauchen wir uns auch nicht damit zu beschäftigen, andere Probleme zu lösen."

Pandhu verfolgte diesen Wortwechsel mit leichtem Erstaunen und wunderte sich über die Stoßrichtung des Eifers, den Amanda zur Schau stellte. Er warf ein: "Ich dachte, die Schweiz und Österreich seien ökologische Paradiese und auch sonst die reinsten Musterbeispiele für Ordnung und Harmonie."

Die Reaktion darauf fiel aus Pandhus Sicht allerdings ein wenig überraschend aus. Amanda und Franz mussten gemeinsam lachen, denn sie fanden ihre beiden Heimatländer keineswegs derart makellos. Amanda sagte zu Pandhu: "Einige Leute würden eher behaupten, dass die Schweiz und Österreich Musterbeispiele für schmale Grate und Abgründe sind. Mit den Problemen verhält es sich in der Schweiz und in Österreich wie mit den Kontinentalplatten: Sie haben sich ganz langsam zu ganz beachtlicher Höhe aufgefaltet."

Franz hatte diesen Spruch noch nicht gehört und musste grinsen. Er begann, sich an Amandas Anwesenheit zu gewöhnen, und meinte gönnerhaft zu ihr: "Ich glaube, du passt doch irgendwie zu uns anderen, liebe Amanda."

Mit Ironie in der Stimme erwiderte Amanda: "Wie gnädig, lieber Franz."

Pandhu dagegen war nicht recht zufrieden mit Amandas Antwort und hakte nach: "Welche Probleme hat denn die Pflanzenwelt der Schweiz?"

Daraufhin erklärte Amanda: "Da wären zum Beispiel Klimawandel, Gletscherschmelze, Überfremdung der Arten, Tourismus, Vandalismus und so weiter."

Dann wandte sie sich an Dönpo: "Natürlich haben diese

Probleme einen etwas allgemeineren Charakter als die der anderen Teilnehmer. Aber es geht in diesem Seminar doch nicht darum, wer gerade ganz persönlich am tiefsten im Schlamassel steckt, oder?"

Dönpo, der Seminarleiter, hatte den anderen bislang einfach nur entspannt zugehört. Nun reagierte er auf Amandas Frage: "Du hast völlig recht. Dieses Seminar ist kein Wettstreit. Es gibt keinen Preis für denjenigen, der am meisten Chaos auftischt. Allein die blanke menschliche Existenz wirft bereits genügend Fragen auf, um eine Teilnahme an diesem Seminar zu rechtfertigen."

Dann fuhr er fort: "Da ihr euch nun alle vorgestellt habt, ist es Zeit für eine erste Gruppenübung. Ich hoffe, wir werden alle ein bisschen Spaß dabei haben. Die Übung findet draußen an der frischen Luft statt. Also begleitet mich doch bitte zum Parkplatz vor dem Hotel!"

Gemeinsam verließen sie den Seminarraum und gingen ins Freie. Auf dem Parkplatz standen zwei Dutzend Autos, und Dönpo erklärte: "Nun, die erste Übung besteht darin, mir zu sagen, welches Auto denn wohl das schönste hier im Land ist. Was meinst du, Larissa?"

Larissa musste nicht lange nachdenken und zeigte auf einen roten Porsche: "Dieser Wagen ist der schönste hier im Land. Doch hinter den sieben Bergen bei den sieben Zwergen gibt es einen Porsche, der ist noch tausendmal schöner als dieser hier, denn er ist weiß und passt daher besser zu meinem Eiscreme-Business."

Heiter erwiderte Dönpo: "Das hast du schön gesagt. Aber welches Auto ist nach deinem Geschmack, Franz?"

Franz antwortete prompt: "Das dunkelgrüne Auto dort hinten ist mein Geländewagen. Ich bin eigentlich ganz zufrieden mit meiner Kiste, muss aber zugeben, dass der rote Porsche auch nicht schlecht ist. Für einen Pleitebankier wie mich wäre er aber nicht opportun, und in den Bergen der Steiermark wäre er auch nicht so geeignet."

Daraufhin wandte sich Dönpo an Pandhu: "Und, was meinst du?"

Pandhu erklärte: "Ich habe gar kein Auto. In der Regel lasse ich mich in einem Kleinbus zu meinen Terminen fahren. Der Porsche ist zwar schick, aber in Delhi wäre er eher unpraktisch. Ab einer gewissen Größe der Schlaglöcher nützen auch breite Reifen nichts."

Dönpo nickte und wandte sich an John: "Und welches Auto gefällt dir am besten?"

John antwortete: "Für Under-Cover-Agenten ist ein Porsche kein so gutes Auto. Selbst ehemalige Cyber-Agenten sollten sich solche Scherze nicht erlauben. So ein Fahrzeug kann natürlich bei einer Verfolgungsjagd sehr hilfreich sein, aber es wirkt wie eine Zielscheibe und verkürzt daher die Lebenserwartung. Ich würde mir hier den unauffälligsten Wagen von allen aussuchen."

Und schließlich fragte Dönpo auch Amanda. Sie plusterte sich auf: "Ich verstehe diesen ganzen Auto-Fetischismus nicht! Was soll an dieser genauso unpraktischen wie dekadenten roten Rennsemmel denn eigentlich so toll sein? Mein Auto ist der silberne Japaner dort hinten. Der reicht für alle Zwecke und verbraucht nur vier Liter auf hundert Kilometern."

Dönpo lächelte, klatschte in die Hände und verkündete: "Ich bedanke mich für eure Mitwirkung bei unserer ersten Übung. Unser kleiner Ausflug auf den Parkplatz ist ganz so verlaufen, wie ich es erhofft hatte. Wir können nun wieder hineingehen."

Dönpo war sehr zufrieden, dass sein neuer roter Porsche offensichtlich das coolste Auto vor Ort war. Und die anderen rätselten, was wohl der Zweck dieser Übung gewesen sein mochte.

Pandhu dachte: "Das Seminar fängt anders an, als ich erwartet hätte. Was hat ein Schönheitswettbewerb für Autos mit Chaos und Harmonie zu tun? Der rote Porsche hat jedenfalls die Wahl gewonnen, obwohl der Geländewagen von Franz sicherlich viel praktischer ist."

Als alle wieder im Seminarraum versammelt waren, fragte Dönpo heiter: "Nun, wie fandet ihr die erste Übung?"

Pandhu erklärte: "Ich fand sie recht nützlich."

Larissa reagierte überrascht und meinte: "Tut mir leid. Ich kann in der Übung beim besten Willen keinen tieferen Sinn erkennen."

Dönpo lachte: "So ist das mit der Harmonie im Chaos: Der eine sieht sie, die andere nicht."

Daraufhin erkundigte sich Larissa bei Pandhu, warum er die Übung denn nützlich gefunden habe, und Pandhu erwiderte: "Der Verlauf der Übung enthält eine klare Botschaft für meinen Wahlkampf in Delhi: Nicht der vernünftigste Kandidat gewinnt die Wahl, sondern der auffälligste."

Dönpo fügte lächelnd hinzu: "Ich fand die Übung übrigens auch sehr nützlich. Denn sie hat mir bestätigt, dass ich das coolste Auto in Bad Zwergerl habe. Zumindest aus meiner Perspektive trägt das sehr zur Harmonie im Chaos bei."

Franz fragte erstaunt: "Der rote Porsche gehört dir?"

Dönpo nickte: "So ist es. Den habe ich mir gerade erst vor ein paar Wochen gekauft."

Franz war beeindruckt und meinte: "Nun sehe auch ich den Sinn dieser Übung."

Dönpo schmunzelte: "Siehe da! Die Harmonie im Chaos breitet sich aus."

Amanda hingegen war irritiert über Dönpos Vorgehen und erklärte pikiert: "Das ist ja lächerlich!"

Völlig gelassen erwiderte Dönpo: "Einerseits schon, andererseits auch wieder nicht. Denkt einmal darüber nach! Und nun gibt es erst mal Mittagessen."

Er führte die Teilnehmer seines Seminars ins Restaurant des Berghotels von Bad Zwergerl, und alle ließen es sich gemeinsam schmecken.

7. Kapitel
Mai 2013 in Österreich

Ein sympathischer Werbeträger

Nach der Mittagspause versammelte sich die Runde wieder im Seminarraum, und Dönpo sagte: "Mir hat die erste Übung gefallen. Aber unser Zusammensein soll nicht vorrangig der Begutachtung meines neuen Autos dienen, sondern dem Erfahrungsaustausch zwischen den Teilnehmern. Beschäftigen wir uns also ab jetzt nicht mehr mit mir, sondern mit euch! Fangen wir mit Larissa an! Welche Energien des Chaos können wir zu deinem Wohle freisetzen?"

Nach kurzem Überlegen erklärte Larissa: "Ich würde wirklich gerne wissen, wie die Bakterien in meine Eiscreme gelangt sind. Aber hauptsächlich muss ich den Umsatz meines Unternehmens wieder ankurbeln. Sonst geht meine Firma wohlmöglich komplett den Bach hinunter."

Auffordernd schaute Dönpo in die Runde und fragte:

"Habt ihr vielleicht Vorschläge für Larissa? Auch ungewöhnliche Ansätze sind willkommen."

Zunächst schwiegen alle, aber dann ergriff John das Wort: "Ich könnte Computerviren in die Systeme einiger russischer Supermärkte einschleusen, die ein paar Großaufträge für Larissas Eiscreme auslösen würden."

Dönpo nickte anerkennend: "Das klingt nach einer sehr wirksamen Maßnahme."

Daraufhin wandte sich auch Amanda an Larissa: "Und wie wäre es mit einer Qualitätsoffensive? Du könntest deine Produktion in eine gläserne Manufaktur verwandeln. Dann könnte jeder vorbeikommen und sehen, dass es bei der Herstellung deiner Eiscreme blitzsauber zugeht. Du könntest Schulklassen zur Besichtigung einladen und mittels einer Web-Cam dafür sorgen, dass man sich die laufende Produktion rund um die Uhr im Internet ansehen kann."

Auch dieser Vorschlag wurde wohlwollend zur Kenntnis genommen.

Dann meldete sich Pandhu zu Wort: "Könntest du denn nicht vielleicht neue Märkte erobern?"

Larissa reagierte interessiert: "Ich überlege schon seit längerer Zeit, auch im Ausland Eiscreme zu verkaufen. Der Markt in Kasachstan könnte interessant sein. Aber es gibt natürlich auch noch andere Länder. Soll ich etwa Eiscreme für Indien produzieren?"

Pandhu erwiderte: "Warum nicht? In Indien hat gewiss niemand von deinem Bakterien-Malheur gehört. Wir sind auch nicht gerade zimperlich in meiner Heimat."

Larissa erkundigte sich: "Mögt ihr in Indien denn Eiscreme?"

Pandhu antwortete: "Na klar! Vielleicht mögen wir nicht

jede denkbare Zutat. Aber gegen süße Abkühlung haben wir garantiert nichts einzuwenden. Für viele erhitzte Gemüter in Delhi wäre ein kühles Eis derzeit genau das Richtige."

Larissa sinnierte: "Und es gibt mehr als eine Milliarde potentielle Kunden in Indien."

Pandhu bestätigte: "Der indische Markt ist riesig. Und die Lust der Inder auf Konsum auch."

Nach kurzem Nachdenken meinte Larissa vorsichtig: "Nun ja, vielleicht könnte Baikal-Eis tatsächlich den Versuch wagen und Eiscreme für Indien produzieren."

Sie wandte sich an Dönpo: "Eiscreme für Indien bringt mich auf eine Idee für Pandhus Wahlkampf. Darf ich Pandhu einen Vorschlag machen?"

Dönpo hatte keinerlei Einwände, und Larissa erläuterte: "Abgesehen von Eiscreme gibt es da nämlich noch etwas, das sich möglicherweise von Russland nach Delhi bringen ließe. Es handelt sich um einen sympathischen Werbeträger für meine Eiscreme, der zugleich ein sympathischer Werbeträger für deinen Wahlkampf sein könnte, Pandhu. Das Markenzeichen meiner Eiscreme ist ein Eisbär. Auf allen Verpackungen für meine Eiscreme ist ein weißer Eisbär auf blauem Grund abgedruckt. Und auch in den Spots, mit denen Baikal-Eis im Fernsehen Werbung macht, spielen Eisbären oft eine entscheidende Rolle.

Weil der Eisbär Markenzeichen meiner Eiscreme ist, engagiere ich mich als Sponsorin der Eisbären im Moskauer Zoo. Das Gehege dort bietet Platz für acht Bewohner. Derzeit sind allerdings neun Eisbären in dem Gehege untergebracht. Der Moskauer Zoo müsste also einen der Eisbären an einen anderen Zoo abgeben. Ihr habt doch bestimmt auch einen Zoo in Delhi, oder?"

Pandhu antwortete: "Aber sicher! Wir haben einen sehr schönen, großen Zoo. Er ist berühmt für seine Tiger und seine Elefanten, aber wir haben auch Löwen und Krokodile."

Larissa fuhr fort: "Mein Vorschlag wäre also, dass der Moskauer Zoo den überzähligen Eisbären an den Zoo in Delhi abgibt. Du könntest bestimmt im Wahlkampf davon profitieren, wenn du medienwirksam einen Eisbären nach Delhi holen würdest. Ein Eisbär bringt Aufmerksamkeit und Glück. Das ist zumindest unsere Philosophie bei Baikal-Eis."

Nach kurzem Nachdenken erwiderte Pandhu: "Zumindest kann ich mich nicht erinnern, dass es im Zoo von Delhi bereits einen Eisbären gibt. Ein Eisbär wäre also wohl etwas Neues für Delhi."

Amanda kamen allerdings Bedenken, und sie warf ein: "Ist es in Indien denn nicht viel zu heiß für einen Eisbären?"

Larissa widersprach: "Das kommt ganz auf die Unterbringung des Eisbären an. Wenn man für ihn ein schönes großes Schneehaus herrichtet, fühlt er sich gewiss auch in Delhi wohl."

Vor Pandhus innerem Auge nahm eine Vision Gestalt an. Er sagte: "Ein Schneehaus im Zoo von Delhi, voll mit weißen Flocken, und die Besucher des Zoos können in das Schneehaus hineingehen und durch den Schnee wandern. In der einen Hälfte des Schneehauses wohnt der Eisbär in seinem Gehege, und in der anderen Hälfte ist genügend Platz, damit die Gäste sich gegenseitig mit Schneebällen bewerfen können. Und vor dem Schneehaus gibt es einen Stand, an dem die Besucher des Zoos Stoffeisbären und russische Eiscreme mit Eisbär-Logo kaufen können. Ich glaube, das wäre wirklich eine schöne neue Attraktion für Delhi."

Larissa bestätigte: "Im Moskauer Zoo ist das Eisbärgehege auch eines der großen Highlights. Ich kann gerne mit dem Direktor des Moskauer Zoos sprechen, ob du einen der Eisbären bekommen kannst. Der Zoo gehört zwar der Stadt Moskau, aber ich kann mir nicht vorstellen, dass die Stadtverwaltung ein Veto einlegen würde."

Auch Pandhu hielt einen solchen Widerspruch für eher unwahrscheinlich: "Delhi und Moskau sind einander schon seit Jahren durch eine Städtepartnerschaft verbunden. Ein Eisbär aus Moskau im Zoo von Delhi wäre gewiss ein schönes Symbol für eine gute Zusammenarbeit. Der Austausch zwischen Delhi und Moskau dümpelt zwar derzeit eher träge vor sich hin, aber es gibt bestimmt viele Möglichkeiten, die Beziehungen auszubauen."

Nach kurzem Nachdenken schob er nach: "Jede Menge Eiscreme und ein Eisbär für Indien: Das klingt wirklich nett. Wenn ich an meinen begrenzten Zeithorizont bis zur nächsten Wahl des Bürgermeisters denke, frage ich mich allerdings, ob es nicht viel zu lange dauern würde, dies alles einzufädeln."

Larissa wischte die Bedenken zur Seite: "Ach was! Wahrscheinlich könntest du den Eisbären schon nächste Woche bekommen. Auch nützt mir mein Einstieg in den indischen Markt nichts, wenn er erst in ein paar Jahren stattfindet. Einen zügigen Weg zu einer Produktion von Baikal-Eis in Delhi sehe ich eher mit deiner Hilfe vor deiner Abwahl als ohne deine Hilfe nach deiner Abwahl."

Pandhu kamen weitere Bedenken: "Aber in einer Woche oder einem Monat haben wir doch kein Schneehaus in Delhi. Einmal ganz davon abgesehen, dass auch ein Schneehaus Geld kostet."

Larissa räumte ein: "Ich muss zugeben, dass auch mir nicht ganz klar ist, woher ich in meiner derzeitigen strapazierten Lage die Mittel für den Aufbau einer Eiscremeproduktion in Indien nehmen soll."

Daraufhin schaltete sich Franz ein: "I wo! An der Finanzierung wird euer Plan bestimmt nicht scheitern. Da bin ich mir ganz sicher. Das weiß ich aus lebenslanger Erfahrung. Meine Vorfahren und ich haben schon für die seltsamsten Projekte Kredite genehmigt: Sandaufspülungen im Bereich großer Meeresströmungen, Brücken auf unbewohnte Inseln, Restaurierungen von moderner Kunst, griechische Banken, Hochöfen in Hitzegebieten. Was ihr wollt! Wir würden inzwischen längst zum Mars fliegen, wenn die Neandertaler nur gegen Kredit ein paar mehr Faustkeile bekommen hätten. Eiscreme für Indien und eine Kooperation zwischen zwei Zoos, das klingt für mich völlig harmlos und leicht finanzierbar. Wenn ich es recht betrachte, könnte sogar ich die Finanzierung für eure Pläne übernehmen."

Larissa erwiderte: "Ich dachte, du bist pleite und hast deine Bank verkauft."

Franz entgegnete: "Ach, das ist eine kleinliche Sicht auf meine Möglichkeiten. Ich gründe einfach eine neue Bank mit einem hübschen neuen Namen. Wie wäre es mit DM-Bank? Das klingt doch seriös, nicht wahr?"

Amanda warf ein: "Für mich klingt DM-Bank eher ein bisschen überholt."

Franz setzte sich zur Wehr: "Nichts da! DM steht für Delhi und Moskau, und DM-Bank ist nur eine Abkürzung für Delhi-Moskau-Banking-Corporation. Ich bin mir sicher: Diese neue Bank wird eine glorreiche Zukunft haben, ungefähr auf Augenhöhe mit der Hongkong-Shanghai-Banking-Corporation. Welche von diesen beiden Banken langfristig im globalen Wettbewerb die Nase vorne haben wird, das wollen wir doch erst einmal sehen."

Begeistert von seiner eigenen Idee fuhr Franz fort: "Also: Hier ist mein Plan zur Finanzierung einer Eiscremeproduktion und eines Schneehauses in Delhi: Wir gründen in Indien ein Tochterunternehmen von Baikal-Eis, die Baikal-India-Corporation. Das machen wir am besten schon ziemlich bald. Und damit das neue Unternehmen nicht nur ein Briefkasten in Delhi ist, knüpfen wir ein paar Verträge zwischen Baikal-Eis und der Baikal-India-Corporation. Dann bringen wir die Baikal-India-Corporation an die Börse. Die Platzierung der Aktien bei einigen unbedarften Emerging-Market-Fonds wird die Delhi-Moskau-Banking-Corporation übernehmen. Das ist kein Problem. Das habe ich schon hundertmal gemacht. Dafür braucht man nur Connections, und die habe ich. Wenn wir die Aktien in eine nette Story über eine schnell wachsende, eishungrige indische Mittelschicht einpacken, werden sie weggehen wie warme Semmeln. Dabei entstehen natürlich erhebliche Gewinne, weil jeder Käufer einsehen wird, dass bei einer derart attraktiven und vielversprechenden Emerging-Market-Aktie der zukünftige Erfolg des Unternehmens einge-preist werden muss. Mit dem Börsengang haben wir dann genügend Finanzmittel für einen weiteren Ausbau der Baikal-India-Corporation und für das Sponsoring eines Schneehauses im Zoo von Delhi."

Larissa schaute mit großen Augen auf Franz und sagte: "Jetzt erahne ich, wie es dazu kommen konnte, dass du die Bank deiner Vorfahren in den Sand gesetzt hast."

John dagegen ergriff Partei für Franz: "Er hat aber nicht Unrecht. Nach allem, was ich schon so gesehen habe, ist der Vorschlag von Franz durchaus praktikabel. Bei der CIA gibt es weitaus unkonventionellere Methoden, um irgendetwas schnell und unauffällig zu finanzieren. Beispielsweise könnte man auch bei einer Offshore-Bank Computerviren einschleusen, um das Schwarzgeldkonto eines mexikanischen Drogenbarons leer zu räumen. Über eine Kette von Umbuchungen und Datenlöschungen ließe sich das auf eine Weise arrangieren, dass der Drogenbaron über den Verbleib seines Schwarzgeldes bei einem indischen Eiscremeunternehmen völlig im Unklaren bleiben würde."

Franz seufzte: "Schade, dass mir vor meiner Pleite derartige Möglichkeiten nicht zur Verfügung standen."

Pandhu warf ein: "Aber damit haben wir immer noch kein Schneehaus für die artgerechte Haltung eines Eisbären in Delhi."

Daraufhin kam von Amanda: "Ich habe gehört, dass es in Deutschland eine mobile Eislaufhalle gibt, die das ganze Jahr über von Stadt zu Stadt zieht. In der Halle kann man zu jeder Jahreszeit Schlittschuh laufen. Soweit ich weiß, handelt es sich bei dieser Eislaufhalle um ein sehr gut isoliertes Zelt. Sogar im Hochsommer kann man in dem Zelt innerhalb kürzester Zeit eine Eisfläche erzeugen. Vermutlich könnte man ein solches Gebilde auch recht schnell nach Delhi bringen, dort aufbauen und darin mit Hilfe von Schneekanonen eine Schneelandschaft erschaffen."

John ergänzte: "Es ist jedenfalls kein Problem, ein Frachtflugzeug zu chartern, um ein Zelt, das vermutlich normalerweise auf Lastwagen transportiert wird, nach Delhi zu bringen."

Franz lächelte und erklärte: "Also kaufen wir einfach dieses oder irgendein anderes großes mobiles Isolierzelt. Den Plan zur Finanzierung haben wir ja schon."

8. Kapitel
Mai 2013 in Österreich

Räucherstäbchen

Die anderen sahen erwartungsvoll auf Pandhu, woraufhin dieser meinte: "Hm. Mir gehen die Einwände aus. Wenn das tatsächlich machbar wäre . . ."

Dönpo unterbrach ihn und führte den Gedanken weiter: "Dann sollte man die Harmonie im Chaos erkennen, sie beim Schopfe ergreifen und den Energien des Universums freien Lauf lassen. Ideen, die mit Leichtigkeit entstehen, lassen sich auch oft mit Leichtigkeit umsetzen. Abgesehen davon wäre es auch gar nicht so leicht, eine bessere Idee für dich zu finden, Pandhu."

Daraufhin verkündete Franz entschlossen: "Ja. Lass uns das in die Tat umsetzen! Das wird bestimmt Spaß machen. Und es wird einen abgehalfterten österreichischen Bankier in sechster Generation wieder zurück ins Geschäft bringen."

Larissa pflichtete Franz bei: "Ich meine auch, dass wir die Idee nicht einfach im Sande verlaufen lassen sollten. Wenn es uns gelänge, mit Hilfe eines Eisbären den Appetit der Inder auf Baikal-Eis zu wecken, dann könnte das immerhin mein Unternehmen vor dem Ruin bewahren."

Pandhu vergewisserte sich: "Ihr meint das also ernst?"

Er schaute in die Runde, und Larissa, Franz, Dönpo, John und sogar Amanda nickten ihm zu. Dann wandte er sich an Dönpo: "Ich soll also tatsächlich russische Eiscreme und einen russischen Eisbären in die indische Hauptstadt holen und hoffen, dass mir das hilft, wiedergewählt zu werden?"

Dönpo antwortete ungerührt: "Wieso nicht? Ich empfehle jedem, sich den Energien des Universums zu öffnen, das Wechselspiel der Ursachen und Wirkungen zu erkennen, die Möglichkeiten des Chaos auszuschöpfen und mit den Energien des Universums zu tanzen. Das ist der Weg zur Harmonie des Chaos. Nur so entsteht Sinn im weiten Raum zwischen Atomen und Galaxien. Auf meine Mithilfe bei dem Projekt könnt ihr jedenfalls zählen. Ich weiß zwar noch nicht so ganz, wo und wie ich mich einbringen kann. Aber das macht nichts und besagt nichts. Denn manches kann man nicht vorhersehen. Gestern hat auch noch keiner von uns geahnt, dass wir heute darüber diskutieren würden, jede Menge Eiscreme und einen Eisbären nach Indien zu bringen. Auch wenn meine weiteren Schritte für euer Projekt noch im Dunkel des Chaos liegen, bin ich mir sicher, dass sie sich harmonisch einfügen werden. Vorerst übernehme ich die Aufgabe, eure Wahrnehmung für die Möglichkeiten des Chaos wachzuhalten. Also, Pandhu, ich denke, es macht keinen Sinn, den Tanz zu verweigern, wenn die Energien des Universums dazu auffordern."

Pandhu schaute in die Runde und wollte wissen: "Helft ihr mir denn bei diesem verwegenen Plan?"

Die anderen nickten Pandhu ein weiteres Mal zu, und Larissa bekräftigte dies, indem sie erklärte: "Schon aus purem Eigennutz werde ich dir dabei helfen."

Also verkündete Pandhu: "Ich glaube, meine Sekretärin Nirmala, die mich hierhergeschickt hat, damit ich mit neuen Ideen für meinen Wahlkampf zurückkomme, würde mir den Schlägertrupp der Shiva-Tigers auf den Hals schicken, wenn ich den Plan ablehnen würde. Nirmala würde mir dann wahrscheinlich jeden Tag bis zur Wahl vorhalten, dass ich ein

Vollidiot bin, dass mir nicht zu helfen ist und dass sie daher leider diesmal Sanjay und die Shiva-Tigers wählen muss. Nun denn: Wenn ihr mir helft, dann soll es geschehen! Ein Eisbär für Indien! Viel chaotischer als der Bau einer neuen Straße oder Brunnenanlage in Delhi wird es schon nicht werden."

Ein kurzes Schweigen legte sich über die Runde. Dann nickte Larissa entschlossen: "Ich bin dabei. Ich sehe Harmonie im Chaos. Ich nehme Kontakt zum Moskauer Zoo auf, sobald ich wieder daheim bin."

Amanda erklärte: "Ich werde mich nach großen Isolierzelten erkundigen."

Auch Franz meldete sich zu Wort und meinte zu Pandhu: "Und ich werde bereits in ein paar Tagen zu dir nach Delhi kommen zwecks sofortiger Gründung der Delhi-Moskau-Banking-Corporation und der Baikal-India-Corporation. Von Delhi aus werde ich mich dann um die Beschaffung des nötigen Kapitals kümmern. Du meintest ja heute Vormittag, ich solle mir Delhi einmal anschauen. Dann muss ich das jetzt wohl mal machen. In Österreich habe ich derzeit sowieso nicht so viel zu tun."

Daraufhin äußerte sich auch John: "Da ich Agent bin, halte ich es wie Dönpo: Meine genaue Rolle bleibt noch im Dunkel des Chaos."

Pandhu zuckte mit den Schultern und erklärte: "Okay. Dann werde ich mich natürlich ebenfalls an die Umsetzung des Plans begeben. Ich werde dem Zoo von Delhi einen Besuch abstatten und meinen Amtskollegen im Rathaus von Moskau anrufen."

Dönpo klatschte zufrieden in die Hände und sagte: "Bingo! Das wäre also geklärt. Dann werde ich jetzt versuchen, die Energien des Universums gnädig zu stimmen, indem ich den Göttern ein Räucherstäbchen opfere."

Er holte ein solches hervor, zündete es an und meinte, während es abbrannte, zu den anderen: "Meldet euch bei mir, falls ihr eine Schaffenskrise bekommt. Ein paar Räucherstäbchen habe ich immer auf Vorrat. Und hier ist auch noch ein Rat für euch für den Fall, dass es bei eurem Projekt einmal nicht so richtig rundlaufen sollte: Ihr solltet Zuspitzungen im Chaos stets als Verdichtungen potenziell hilfreicher Energien ansehen und sie auch als solche nutzen!"

Dönpo hielt kurz inne. Dann strahlte er die anderen an und verkündete: "Ich glaube, es ist Zeit für unsere nächste Gruppenübung. Bitte folgt mir zum Parkplatz vor dem Hotel!"

Amanda entfuhr ein Aufschrei des Entsetzens: "Nein, nicht schon wieder! Die Übung hatten wir schon. Du hast doch bereits gehört, dass du hier das coolste Auto hast."

Dönpo strahlte und erwiderte: "Oh, vielen Dank für die freundliche Bestätigung. Das höre ich doch immer wieder gerne. Als Gegenleistung dafür darfst du gleich sogar mit mir Porsche fahren."

Dann führte er die anderen erneut auf den Parkplatz. Inzwischen war es früher Abend. Die Sonne ließ das Gras schimmern. Ein paar Wölkchen zogen langsam über den blauen Himmel, und die Vögel zwitscherten. Dönpo erklärte: "So, nun machen wir einen kleinen Ausflug in die Berge. Amanda, magst du bei mir einsteigen?"

Dann wandte er sich an Franz und fragte: "Könntest du Larissa, Pandhu und John vielleicht in deinem Geländewagen mitnehmen und hinter mir herfahren?"

Franz nickte, und alle verteilten sich auf die beiden Autos. Dönpo fuhr mit Amanda in seinem roten Porsche voraus und bog auf einen gut befestigten Waldweg ab. Franz folgte mit den anderen. Der Waldweg schlängelte sich entlang des

Berghanges zwischen dunklen Nadelbäumen langsam aufwärts. Am Rande und in der Mitte des Weges wucherte hohes Gras. Mitunter öffneten sich weite Ausblicke in die Landschaft. So ging es gemächlich voran, bis Dönpo vor einem Schlagbaum anhielt. Franz stoppte ebenfalls, und alle stiegen aus den Fahrzeugen.

Dönpo wies auf einen Weg, der hinter dem Schlagbaum weiter bergan führte: "Auf, auf! Wenn ihr nicht schlapp macht, werden wir in drei Stunden pünktlich zum Sonnenuntergang auf dem Gipfel sein."

Und mit diesen Worten ging Dönpo seitlich an dem Schlagbaum vorbei und marschierte zügig voraus.

Die anderen blieben wie angewurzelt stehen und tauschten verdutzte Blicke aus. Keiner hatte den rechten Elan, Dönpo zu folgen. Larissa raunte: "Ein bequemer Sessel im Sonnenschein auf der Hotelterrasse und ein schöner Cocktail dazu würden mir jetzt eindeutig besser gefallen. Das entspräche auch eher meinem Schuhwerk."

Auch Amanda hatte Bedenken: "Ich war ja schon auf einigen Alpen-Gipfeln. Aber bei Sonnenuntergang bin ich nur auf Gipfeln gewesen, von denen ich nicht im Dunkeln drei Stunden lang wieder hinunterwandern musste."

Dönpo war inzwischen weit vorausgegangen und verschwand hinter einer Wegbiegung im Wald. Kurz darauf war ein kurzes Pfeifen zu hören, das so klang, als ob Dönpo ein paar Hunde auffordern würde, ihm zu folgen.

Daraufhin lächelte John die anderen plötzlich gut gelaunt an und erklärte: "Ich glaube, ich fange an, ein System hinter Dönpos Verhaltensmustern zu erahnen. Seine Bergwanderung ist bestimmt genauso harmlos wie die Begutachtung seines Autos auf dem Hotelparkplatz."

Und mit dieser Feststellung ging er entschlossen am Schlagbaum vorbei. Mit leichtem Achselzucken folgten ihm die anderen, und gemeinsam wanderten sie hinter Dönpo her. Dieser war außer Sichtweite, aber offenbar nicht außer Hörweite, denn nach einer Weile erklang wieder ein kurzes lockendes Pfeifen. Amanda schüttelte mit dem Kopf und stellte ein wenig ratlos fest: "Unser Seminarleiter hat wirklich einen ganz eigenen Sinn für seltsame Übungen."

Nachdem sie hinter dem Schlagbaum etwa fünfzehn Minuten lang bergan gewandert waren und dabei einigen Wegbiegungen gefolgt waren, gelangten sie schließlich zu einer Lichtung. Dort brannte ein Lagerfeuer, und neben diesem saß Dönpo ganz entspannt auf einem Camping-Sessel und tat so, als sei er schon seit Stunden dort. In seiner einen Hand hielt er einen gut gefüllten Teller, und aus seiner anderen Hand ragte eine Gabel. Freudestrahlend begrüßte er mit vollem Munde die Nachzügler: "Mahlzeit allerseits! Dies ist zwar nicht der Gipfel, aber meiner Meinung nach auch ein ziemlich nettes Fleckchen."

Ein Angestellter des Berghotels von Bad Zwergerl hantierte mit Grillgut auf dem Lagerfeuer, und am Rande der Lichtung stand ein Lieferwagen des Hotels. Pandhu meinte zu Dönpo: "John hat dich durchschaut. Er hat die Harmonie im Chaos erahnt und uns dazu ermuntert, dir zu folgen."

Dönpo wies mit der Hand, in der er die Gabel hielt, zum Grill und verkündete: "Bedient euch und lasst es euch schmecken! Ich finde es jedenfalls alles sehr lecker. Vegetarisches ist übrigens auch dabei. Im Lieferwagen findet ihr Camping-Sessel. Und neben dem Wagen ist ein Tisch mit Getränken und sonstigen Speisen aufgebaut."

Also begannen die anderen, es sich wie Dönpo mit

Papptellern und Pappbechern in den Händen auf weiteren Camping-Sessel neben dem Lagerfeuer gemütlich zu machen. Alle unterhielten sich und genossen die ruhige Abendstimmung. Bevor die Sonne unterging, machten Dönpo und Franz dann noch einen Abstecher zurück zum Schlagbaum und holten die beiden Autos. Langsam wurde es dunkel, und alle ließen ihre Blicke immer wieder zum weißen Halbmond wandern. Erst als das Lagerfeuer niedergebrannt war, fuhren sie schließlich ganz gemächlich im Konvoi durch den finsteren Wald zurück zum Hotel.

Am zweiten Tag drehte sich das Gespräch dann vorrangig um Johns Belange. Die anderen fragten ihn, ob er sich denn neben seiner Arbeit als Campground-Manager in Arizona nun auch als selbstständiger Cyber-Agent betätige. Ein wenig ausweichend antwortete er: "Die CIA sieht es gar nicht gerne, wenn sich ein Cyber-Agent nach seinem Ausscheiden aus dem aktiven Dienst selbstständig macht. Aber viel kann die CIA auch nicht dagegen unternehmen. Denn als Cyber-Agent braucht man im Wesentlichen ja nur einen Internet-Zugang."

Die anderen waren neugierig und wollten mehr erfahren über die Möglichkeiten eines Cyber-Agenten, in den Lauf der Dinge einzugreifen. John gab einige Beispiele und entwickelte spontan einen Plan für Pandhus Wiederwahl als Bürgermeister von Delhi, bei dem Wahlcomputer eine entscheidende Rolle spielten. Pandhu war durchaus beeindruckt, erklärte aber, er wolle doch lieber beim Eisbärprojekt bleiben.

Nachmittags gab es dann eine weitere Gruppenübung, die Dönpo als eine Alternative zum Abbrennen von Räucherstäbchen und als ein weiteres Sinnbild für die Harmonie des Chaos ankündigte und bei der es darum ging, Luftballons aufzublasen und dann möglichst schön kreuz und quer durch den Raum zischen zu lassen. Unter allgemeinem Gelächter schlugen die Ballons daraufhin ihre Purzelbäume. Und am Abend fuhren alle gemeinsam auf eine malerisch gelegene Alm, wo im dortigen Gasthof ein rustikales Mahl serviert wurde. Zum Nachtisch gab es Erdbeereis, und Larissa ließ es sich nicht nehmen, das Eis einer fachkundigen Kritik zu unterziehen: "Fettanteil zu hoch. Zu wenig Erdbeerstücke. Zu viel künstliches Aroma. Zu kalt serviert. Absolut keine Konkurrenz für Baikal-Eis."

Pandhu sinnierte über die Infrastruktur und die Bevölkerungsdichte in den Bergen Österreichs. Und Franz erkundigte sich beim Almbauern nach der Lage der örtlichen Viehwirtschaft.

Am dritten Tag des Seminars versuchten die Teilnehmer erfolglos, Amanda davon zu überzeugen, dass der Lebensraum der Alpen-Flora zumindest solange nicht schrumpft, wie die Gletscherschmelze schneller voranschreitet als der Bau von Skipisten.

Schließlich ging das Seminar seinem Ende entgegen, und Dönpo zog ein Fazit der Veranstaltung: "Ich hoffe, es hat euch gefallen und ihr habt nun einen klareren Blick für die Energien des Universums und die Harmonie des Chaos.

Seid wie das Wasser! Lasst euch von der Sonne in Wolken verwandeln! Ballt euch zum Gewitter zusammen! Vereint euch im Tanz des Regens! Lasst euch von der Feuerwehr aus Nachbars Keller in die Kanalisation pumpen! Und nehmt euren Weg ins Nirwana des Meeres!

Denn der Sinn der Schöpfung besteht nun mal darin, im Einklang mit den Energien des Chaos zu leben. Und falls euch das Chaos einmal erschöpft und ihr denkt, dass es über euch zusammenschwappt, ruft einfach mich an. Ich entzünde dann ein Räucherstäbchen für euch und eure Pläne. Manchmal hilft es sogar."

Das Seminar schloss mit einem gemeinsamen Mittagessen im Berghotel von Bad Zwergerl, und nach herzlicher gegenseitiger Verabschiedung begaben sich die Teilnehmer auf die Heimreise. Pandhu kaufte am Wiener Flughafen eine Packung Mozart-Kugeln für Nirmala und flog mit der österreichischen Fluggesellschaft zurück nach Hause.

9. Kapitel
Mai 2013 in Delhi

Der Amtskollege

Als Pandhu sich am nächsten Morgen in Delhi auf den Weg zum Rathaus machte, lastete wieder drückende Hitze auf der ausgetrockneten Stadt. Er war zwar ein Kind Delhis, aber an diesem Morgen machte selbst ihm das Klima zu schaffen. Der Kontrast zwischen der frischen frühsommerlichen Luft in den Bergen Österreichs und dem kochenden Smog und Staub seiner Heimatstadt war doch allzu krass. Und mit ein wenig Abkühlung durch den Monsun war erst in etwa einem Monat zu rechnen.

Pandhu wusste, dass sein Widersacher Sanjay aus Kaschmir stammte und daher in gemäßigterem Klima aufgewachsen war. Für einen kurzen Moment konnte er erahnen, warum in Sanjays Vision die Menschen aus der Hitze der Stadt als Vögel wiedergeboren werden sollten, um frei zu sein, in die blauen Berge davonzufliegen.

Als er im Rathaus eingetroffen war, wurde er von Nirmala neugierig begrüßt und überreichte ihr die Mozart-Kugeln: "Sie waren nachts im Kühlschrank, und vorhin habe ich sie in Alufolie gewickelt. Also sind sie hoffentlich auf dem Weg hierher nicht zerschmolzen."

Nirmala freute sich und bedankte sich: "Das ist aber nett. Du hast an die Mozart-Kugeln gedacht. Du willst wohl, dass ich dich wähle und nicht Sanjay."

Pandhu erwiderte, dass er sich jedenfalls nicht leichtfertig um ihre Stimme bringen wolle.

Daraufhin berichtete Nirmala: "Sanjay zieht leider weiter wie ein Wirbelwind durch die Stadt und konzentriert alle Aufmerksamkeit auf sich. Hast du denn aus Österreich einen Plan mitgebracht, wie wir Sanjay und seine Shiva-Tigers zurück in die Wüste schicken können?"

Pandhu antwortete: "Einen Plan habe ich, aber wie gut er funktioniert, werden wir wohl erst herausfinden, wenn wir ihn ausprobieren. Zu den Zutaten gehören jedenfalls unter anderem ein Eisbär und eimerweise Eiscreme."

Nirmalas Blick wanderte sehnsuchtsvoll zur Klimaanlage: "Eiscreme klingt sehr gut, geradezu mehrheitsfähig. Worin genau besteht denn der Plan?"

Pandhu berichtete: "Ich habe in Österreich eine russische Eiscremefabrikantin kennengelernt. Im Zuge unseres Seminars hat sie sich mit dem Gedanken angefreundet, Eiscreme für Indien zu produzieren. Und sie hatte die Idee, als Werbung für ihre Eiscreme und meine Wiederwahl einen der Eisbären aus dem Moskauer Zoo nach Delhi umziehen zu lassen. Dann war da auch noch ein österreichischer Bankier, der meinte, er könne sich um die Finanzierung des Projektes kümmern. Und eine Teilnehmerin aus der Schweiz hatte sogar einen Vorschlag, wie wir in Delhi schnell und einfach an ein Schneehaus kommen könnten, in dem der Eisbär hier in unserem Zoo leben könnte und in dem sich die Zoobesucher in einer Schneelandschaft tummeln könnten."

Nirmala nickte anerkennend: "Das klingt nach einem schönen Plan. Zumindest war es schon immer mein Traum, einmal rundum von Schnee umgeben zu sein. Und ich bin auch ganz bestimmt nicht die Einzige in Delhi, die liebend gerne einmal im Schnee versinken würde. Ich glaube, mit einem Schneehaus für Delhi könnte es dir wirklich gelingen, dass sich die Aufmerksamkeit der Menschen wieder mehr auf dich und weniger auf Sanjay richtet."

Pandhu erzählte weiter: "Die anderen Teilnehmer haben versprochen, mir bei der Umsetzung des Plans zu helfen. Franz, der österreichische Bankier, will sogar schon in den nächsten Tagen zu uns nach Delhi kommen. Auch wenn der Eisbär und die Eiscreme nicht die Wende im Wahlkampf bringen, tun wir doch zumindest etwas für gute Beziehungen zwischen Delhi und Moskau."

Nirmala warf ein: "Für gute Beziehungen zwischen Delhi und Moskau wirst du aber nicht wiedergewählt. Für einen Eisbären, eimerweise Eiscreme und eine Schneelandschaft schon eher."

Nachdem Pandhu von Nirmala auf den neuesten Stand der Dinge in Delhi gebracht worden war, setzte er sich in seinem Büro an seinen Schreibtisch. Seine Augen fielen auf eine Zeitung, und er las: "Inzwischen gibt es auf den Tanzorgien der Shiva-Tigers vermehrt Teilnehmer, die sich als Tiger kostümieren. Sanjay hat erklärt, dass nicht nur eine Wiedergeburt als Vogel, sondern auch eine Wiedergeburt als Tiger erstrebenswert sei. Als Vogel könne man dem Unheil entfliehen, als Tiger könne man gegen das Übel ankämpfen. Die als Tiger Verkleideten behaupten seither, sie seien bereits als Tiger wiedergeboren worden und als wiedergeborene Tiger seien sie der lebende Beweis für Sanjays Lehre. Auch eine neue Studie der Universität Delhi über eine Abwanderung von Vögeln aus dem Stadtgebiet wird von den Shiva-Tigers als Beleg für Sanjays Weitsicht gedeutet.

Konkrete Pläne für Delhi hat Sanjay aber weiterhin nicht. Immerhin räumte er ein, dass sich das Elend auch durch eine Verbesserung der Lebensumstände reduzieren ließe. Wie Sanjay die durch seine Volksbewegung freigesetzten Energien konstruktiv nutzen will, bleibt jedoch ein Rätsel. Er sagte dazu nur, die neuen Hoffnungen würden die Menschen zu den richtigen Taten anspornen. Dass er dabei der realen Lage kaum Beachtung schenkt, scheint seine Anhänger bislang nicht zu stören.

Von Bürgermeister Pandhu war derweil nichts zu hören. Angeblich war er in den vergangenen Tagen nicht in der Stadt. Ein neues Wasserwerk und ein neues Bürohaus wurden ohne ihn eingeweiht. Die einzige Hoffnung für Pandhu scheint inzwischen darin zu bestehen, dass der Monsun in einigen Wochen die Gemüter in Delhi wieder ein wenig beruhigt."

Am Nachmittag ließ sich Pandhu mit Boris, dem Bürgermeister von Moskau, verbinden. Trotz der Städtepartnerschaft zwischen Moskau und Delhi hatten die beiden bisher kaum Kontakt gehabt. Nach gegenseitiger Begrüßung erklärte Pandhu: "Es ist doch eigentlich schade, dass wir derzeit so wenig aus dem freundschaftlichen Band zwischen unseren beiden Städten machen. Aber vielleicht können wir das ja ändern. Ich habe da nämlich einen Vorschlag für die

Belebung unserer Zusammenarbeit. Die Idee ist entstanden, als ich kürzlich eine Eiscremefabrikantin aus Moskau namens Larissa kennengelernt habe."

Boris unterbrach Pandhu: "Larissa kenne ich, allerdings nicht besonders gut. Ihre Eiscreme kenne ich dafür umso besser. Ich habe schon häufig Baikal-Eis gegessen, glücklicherweise aber nicht am Tag des großen Durchfalls. Seit diesem schlimmen Malheur ist Baikal-Eis verständlicherweise nicht mehr so beliebt hier. Die Ursache für das bakterielle Desaster ist meines Wissens immer noch unklar."

Daraufhin meinte Pandhu: "Ja, das ist genau der Hintergrund, vor dem wir darüber nachgedacht haben, ob Larissa ihre Absatzflaute in Russland nicht vielleicht durch einen Verkauf von Eiscreme in Indien ausgleichen könnte. Und daraus hat sich als weitere Überlegung ergeben, einen Eisbären aus dem Moskauer Zoo in den Zoo von Delhi zu bringen. Larissa meinte, der Moskauer Zoo müsse wegen Überbelegung des Geheges ohnehin einen Eisbären abgeben. Und hier in Delhi wäre er gewiss eine große Attraktion. "

Boris erwiderte: "Und er würde in Indien Werbung für Baikal-Eis machen. Ich verstehe. Aber von mir aus können wir das machen, wenn der Moskauer Zoo sich nicht querstellt. Gibt es denn noch keine Eisbären in Delhi?"

Pandhu antwortete: "Nein. Eisbären haben wir hier noch nicht. Daher brauchen wir auch zunächst eine geeignete Unterbringung für den Eisbären. Sonst bleibt in der Hitze Delhis vermutlich nur eine Schweißpfütze von ihm übrig. Der Plan ist, ein großes Isolierzelt als Schneehaus für den Eisbären zu beschaffen."

Boris dachte kurz nach und meinte dann: "Hm. Vielleicht kann Moskau Delhi ja nicht nur mit einem Eisbären, sondern auch mit einem Beitrag zu dessen Unterbringung behilflich sein. Ich weiß, dass die russische Armee riesige Thermo-Zelte hat, mit denen im hohen Norden Flugzeuge, Panzer und anderes Gerät vor Kälte geschützt werden. Vielleicht könnte ein solches Thermo-Zelt ja nicht nur die russische Armee am Polarkreis warm halten, sondern auch einem Eisbären in Delhi einen kühlen Kopf bewahren. Gib mir doch mal bitte etwas Zeit zur Klärung der Lage!"

Und damit verabschiedeten sich die beiden vorerst voneinander.

Eine halbe Stunde später erhielt Pandhu dann aber bereits einen Rückruf aus Moskau. Boris erzählte: "Ich habe eben mit dem Moskauer Zoo gesprochen und auch mit meinem Freund General Shuslosnow von der russischen Armee, mit folgendem Ergebnis: Die Stadt Moskau sieht sich im Stande, ihrer Partnerstadt Delhi sowohl einen Eisbären als auch eine Thermo-Halle zu schenken.

General Shuslosnow wies darauf hin, dass die Thermo-Halle aus Gründen der Tarnung von außen weiß ist, damit sie am Polarkreis nicht so auffällt. Aber er meinte, das sei durchaus nützlich für die beabsichtigte Kühlfunktion in Delhi, da eine weiße Halle mehr Sonnenlicht und Wärme abhält als eine dunkle Halle.

Um mich für seine Unterstützung zu bedanken, habe ich General Shuslosnow daraufhin zu meinem Sommerfest auf meine Datscha eingeladen. Das Fest wird am 21. Juni stattfinden, pünktlich zur Sonnenwende.

Larissa werde ich auch noch einladen. Wer die Eisbären im Moskauer Zoo sponsert, kann auch das Sommerfest des Bürgermeisters mit Eiscreme versorgen.

Und du bist hiermit ebenfalls eingeladen, Pandhu. Und komm jetzt bitte nicht auf die Idee abzulehnen! Die Anregung, die Partnerschaft zwischen Moskau und Delhi zu beleben, stammt schließlich von dir. Also musst du nun auch etwas dafür tun und vorbeikommen. Kann ich also davon ausgehen, dass du bei der Party dabei sein wirst?"

Nach kurzem Zögern signalisierte Pandhu seine Zustimmung: "Ein Guru riet mir kürzlich, ich solle mit den Energien des Universums tanzen und mich mit ihnen vereinigen."

Boris erwiderte: "Das hat dein Guru aber schön gesagt. Und Tanz und Vereinigung gibt es auf meiner Party selbstverständlich auch. Dann sehen wir uns also in drei Wochen. Bis dahin!"

Die Verbindung war beendet, und Pandhu staunte über das Tempo seines Moskauer Amtskollegen.

Am nächsten Morgen besuchte Pandhu den Zoo von Delhi. Am Eingang begrüßte ihn der Zoodirektor, der ein wenig verlegen herumdruckste: "Schön, dass du vorbeikommst. Dass du so prompt kommen würdest, hätte ich allerdings nicht gedacht."

Pandhu fragte verdutzt: "Wieso prompt?"

Der Zoodirektor gab zurück: "Nun ja. Du bist doch wohl heute hier, um Sanjay nicht einfach kampflos das Feld zu überlassen. Immerhin war Sanjay bereits gestern hier."

Irritiert erwiderte Pandhu: "Nein. Davon wusste ich nichts." Zugleich dachte er entnervt: "Es ist schon ein Elend mit diesem Sanjay. Überall liegt er vorne, sogar im Zoo."

Dann fragte er: "Was wollte Sanjay denn?"

Der Zoodirektor erklärte: "Er hat sich mit den Tigern fotografieren lassen. Ich nehme an, es soll für die Wahlplakate der Shiva-Tigers sein. Aber wir können gerne für ausgleichende Gerechtigkeit sorgen. Du könntest dich mit den Elefanten fotografieren lassen, wenn du magst."

Pandhu entgegnete: "Nein, ich habe da eine andere Spezies im Auge."

Der Zoodirektor fragte: "Die Löwen?"

Pandhu erwiderte: "Ich dachte eher an einen Eisbären."

Daraufhin meinte der Zoodirektor betreten: "Nein. Das tut mir leid. Eisbären haben wir hier nicht."

Pandhu passte diese Reaktion ganz gut ins Konzept. Er fragte: "Lässt sich denn hier vielleicht ein Eisbär ansiedeln?"

Kopfschüttelnd erklärte der Zoodirektor: "Nein. Für Eisbären ist es viel zu heiß in Delhi."

Pandhu hakte nach: "Und wenn der Eisbär in einem Schneehaus wohnen würde?"

Der Zoodirektor erwiderte: "Wir haben aber auch kein Schneehaus hier."

Pandhu klärte den Zoodirektor über sein Ansinnen auf: "Mir wurde im Rahmen der Städtepartnerschaft zwischen Delhi und Moskau ein Eisbär mitsamt Schneehaus für unseren Zoo angeboten."

Der Zoodirektor war erleichtert über diese Wendung des Gesprächs und die Tatsache, dass Pandhu Sanjays Besuch bei den Tigern offenbar relativ gelassen aufnahm. Er wunderte sich zwar über das plötzliche Interesse der Politik an seinem Zoo und wollte im Wahlkampf keinesfalls Partei ergreifen, aber Sanjays Interesse an den Tigern und Pandhus Vorschlag, einen Eisbären nach Delhi zu holen, schienen ihm für seinen Zoo doch eher nützlich als schädlich zu sein. Also erklärte er sich unmittelbar einverstanden, das Spektrum der ihm anvertrauten Tierarten um einen Exoten aus den Polarregionen zu erweitern.

10. Kapitel
Juni 2013 in Delhi

Emerging Markets

Einige Tage später führte Nirmala einen Besucher zu Pandhu ins Büro. Es war Franz. Pandhu blickte von seinen Papieren auf und freute sich über das Wiedersehen: "Da bist du ja tatsächlich! Ich muss zugeben, ich hatte gewisse Zweifel, ob du wirklich nach Delhi kommen würdest. Umso mehr bin ich beeindruckt, dass du nun leibhaftig vor mir stehst. Wo bist du denn untergebracht?"

Franz berichtete: "Ich habe mich im Rajasthan-Grand-Hotel einquartiert. Ich muss schon sagen, das ist ein imposantes Hotel, ein Traum aus bunten Farben und fantasievollen Formen. Ich denke, ein Maharadscha kann es zu Hause kaum schöner haben. Und es gibt ganz vorzügliches Essen."

Pandhu bestätigte: "Oh ja. Mit dem Rajasthan-Grand-Hotel hast du dir eines der besten Häuser hier ausgesucht."

Dann machte er zunächst Franz und Nirmala miteinander bekannt, woraufhin sich Franz an Nirmala wandte und lächelnd zu ihr sagte: "Mir ist schon klar, dass hier dasselbe gilt wie anderenorts auf dieser Welt: Wenn ich in Delhi eine klare Antwort auf eine klare Frage brauche, werde ich mich selbstverständlich an dich wenden und nicht an Pandhu."

Nirmala erwiderte fröhlich: "Pandhu kann man aber meist auch fragen. Auf die Antwort muss man manchmal ein bisschen warten, aber letztlich kommt man doch voran."

Franz lachte und meinte zu Pandhu: "Nett hast du es hier. Es wäre wirklich unpassend, dich abzuwählen, nicht wahr?"

Pandhu ließ bewusst einen Moment verstreichen, bevor er zurückgab: "Wer will schon die Harmonie im Chaos stören?"

Franz kam zur Sache: "Als ich heute Morgen einen kleinen Rundgang in der Umgebung meines Hotels gemacht habe, ist mir an einem Gebäude ein Schild aufgefallen. Darauf stand, dass dort Büros zu vermieten seien. Also bin ich hineingegangen, und kaum hatte ich mit dem Portier gesprochen, stand auch schon ein Makler vor mir. Ich habe ihm erläutert, dass ich vorerst nur ein kleines Büro mit großem Briefkasten suche. Der Makler hat mich daraufhin in dem Gebäude herumgeführt und mir gezeigt, welche Räumlichkeiten er anbieten kann. Bei dem Rundgang habe ich ein Büro entdeckt, das mit ganz gut gefällt. Es ist zwar noch völlig leer, aber die Klimaanlage scheint zu funktionieren. Und somit habe ich bereits mein Hauptquartier für die Delhi-Moskau-Banking-Corporation gefunden.

Gibt es denn auch bei dir Fortschritte bei der indisch-russischen Zusammenarbeit?"

Pandhu erzählte von seinen Gesprächen mit dem Moskauer Bürgermeister und dem Zoodirektor.

Daraufhin verkündete Franz: "Fein! Das klingt doch prima. Dann steht dem Umzug eines Eisbären nach Delhi also grundsätzlich nichts mehr im Wege. Nun müssen wir nur noch dafür sorgen, dass der Eisbär auch Schnee unter die Füße bekommt. Oder mit den Worten der Eskimos: Ein Eisbär braucht Eis unterm Bär. Aber ich glaube, das ist kein Problem. Als Österreicher weiß ich, wie man auch an solche Orte Schnee bekommt, an denen sich bedauerlicherweise gerade keiner befindet. Und da Schweizer damit auch ihre Erfahrungen haben, werde ich Amanda bitten, sich nach geeigneten Schneekanonen umzusehen."

Die Unterhaltung wanderte weiter zu der Frage, wie Produktion und Vertrieb von Baikal-Eis in Delhi am besten in die Wege geleitet werden könnten. Franz schwebte dabei eine Mitwirkung des Zoos vor, sodass Pandhu beschloss, Franz beim Zoodirektor zu einem Besuch anzumelden.

Dann gab Pandhu Franz noch ein paar Sightseeing-Tipps und einige Insider-Informationen zum indischen Geschäftsgebaren und meinte zum Schluss noch zu ihm: "Aber du hast ja bereits richtig erkannt, wo du in Delhi am schnellsten und besten Hilfe bekommst." Wortlos zeigte er auf Nirmala, und alle drei mussten lachen.

Tags darauf stattete Franz dann dem Zoo von Delhi seinen Antrittsbesuch ab. Nachdem er zuvor entsprechende Rücksprache mit Larissa gehalten hatte, schloss Franz als Bevollmächtigter von Baikal-Eis einen Vertrag mit dem Zoodirektor. Darin wurde vereinbart, auf einer Freifläche im Zoo eine Schneehalle zu errichten und in dieser Halle neben einem Eisbären und einer Schneelandschaft für die Zoobesucher auch eine Produktionsstätte, ein Lager und ein Eiscafe von Baikal-Eis unterzubringen. Die Baikal-India-Corporation erhielt somit dieselbe Adresse wie der Zoo von Delhi, und Franz wurde passend dazu im Verwaltungsgebäude des Zoos ein Büro als vorläufige Operationsbasis für Baikal-Eis zur Verfügung gestellt.

In den folgenden zwei Wochen war Franz dann mit tatkräftiger Unterstützung durch Nirmala intensiv damit beschäftigt, die Delhi-Moskau-Banking-Corporation und die Baikal-India-Corporation formell zu gründen. Er und Larissa lieferten die erforderlichen Starteinlagen für das Kapital, das in naher Zukunft durch einen Verkauf von Vorzugsaktien erweitert werden sollte. Um die beiden neuen Unternehmen für Investoren gleichzeitig interessanter und weniger transparent zu machen, wob er ein Vertragsgeflecht zwischen ihnen und Baikal-Eis in Russland.

Dann setzte Franz bei Larissa den Abtransport einer Anlage zur Eiscremeproduktion von Moskau nach Delhi in Gang. Und mit Amandas Hilfe orderte er Schneekanonen, die das Innere der Eisbärhalle mit weißer Pracht berieseln sollten. Er hatte alle Hände voll zu tun.

Einige Tage vor Pandhus geplanter Reise nach Moskau kam Franz schließlich erneut ins Rathaus von Delhi, um Pandhu mitzuteilen, dass er nun nach London fahre, um Aktien der beiden neuen Unternehmen zu verkaufen.

Pandhu fragte besorgt: "Und du meinst, du findest Käufer für die Aktien?"

Selbstbewusst erwiderte Franz: "Aber sicher! Ich habe jede Menge Erfahrung damit, wie man obskure Wertpapiere bei naiven Anlegern unterbringt.

Im ersten Schritt erzählt man den Leuten eine Erfolg versprechende Business-Story. Man redet von der Zusammenarbeit des zukünftig einwohnerreichsten Landes der Welt mit dem flächenmäßig größten und rohstoffreichsten Land der Welt, von den enormen Wachstumspotentialen im indischrussischen Handel, von Tiefkühlgastronomie in Zeiten der Erderwärmung, von den Sehnsüchten und vom wachsenden Konsum der Inder sowie von Lifestyle-Produkten, Marken, Attraktionen und Ähnlichem.

Im zweiten Schritt schürt man bei den Anlegern die Angst, dass sie etwas verpassen könnten. Man fragt sie, ob sie wirklich das Risiko eingehen wollen, bei diesem Boom nicht dabei zu sein. Und man reibt ihnen unter die Nase, welche Gelegenheiten ihnen bereits entgangen sind.

Schließlich führt man das Argument ins Feld, dass es sich bei den angebotenen Aktien allein schon aus Gründen der Risikostreuung um eine sinnvolle Beimischung handelt.

Beim Verkauf von Aktien der Delhi-Moskau-Banking-Corporation verweist man auf die guten Kunden der Bank in der Konsumgüterindustrie. Und beim Verkauf von Aktien der Baikal-India-Corporation verweist man auf den guten Draht des Unternehmens zum Bankensektor."

Daraufhin fragte Pandhu leicht benommen: "Ist das nicht Täuschung oder zumindest doch Augenwischerei?"

Ungerührt erwiderte Franz: "I wo! Ich sage ja nichts Falsches, und ich glaube wirklich an eine goldene Zukunft der indisch-russischen Beziehungen und des indisch-russischen Eiscrememarktes. Warum auch nicht?

Aber, Pandhu, auch wenn wir einmal von den enormen Chancen unseres Projektes absehen, brauchst du dir keine unnötigen Sorgen zu machen. Ich verkaufe die Aktien nicht an Privatleute, sondern an Profis, die wissen, was sie tun. Ein kleines Päckchen hier, ein kleines Päckchen da. Ich werde auch vorerst nicht allzu viel Geld einsammeln. Hauptsache, es reicht für einen tragfähigen Anfang inklusive Schneekanonen und Eiscafe. Ob die Saat wächst und gedeiht, werden wir dann im Laufe der Zeit sehen. Sieh die Platzierung der Aktien einfach als sportliche Übung für mich, damit ich in meinem Metier im Training bleibe, und als Praxistest zur Klärung der Frage, ob Unternehmen unter meiner Mitwirkung zwangsläufig im Ruin enden müssen."

Pandhu war halbwegs beruhigt, und er und Franz wünschten sich gegenseitig Glück für ihre anstehenden Reisen nach London und Moskau.

11. Kapitel
Juni 2013 in Moskau

Du hast die Wahl

Einen Tag vor dem Sommerfest seines russischen Amtskollegen flog Pandhu nach Moskau. Er landete in den Abendstunden und ließ sich mit dem Taxi zu seinem Hotel in der Innenstadt bringen.

Wie vorher verabredet, kam am nächsten Morgen Larissa vorbei, um mit Pandhu zu frühstücken. Sie sagte: "Ich hoffe, du hast gut geschlafen, denn dies wird noch ein langer, harter Tag für uns."

Unerschrocken erwiderte Pandhu: "Ich bin bereit für russische Eisbären und russische Bürgermeister."

Er brachte Larissa auf den neuesten Stand der Planungen in Delhi. Und dann fuhren die beiden mit Larissas weißem Porsche zum Moskauer Zoo.

Pandhu bekam die zweite Zooführung innerhalb weniger Wochen, und schließlich wurden ihm die neun vor Ort lebenden Eisbären vorgestellt. Larissa musterte die Bären und fragte: "Na, meine lieben Patenkinder. Alles klar? Alle satt?"

Die Eisbären schienen zufrieden zu sein, und der Zoodirektor eröffnete Pandhu: "Wir haben drei mögliche Kandidaten, unter denen du dir deinen Eisbären aussuchen kannst. Du hast die Wahl. Alle drei sind noch recht jung. Der Erste wurde hier im Zoo geboren, der Zweite kommt aus dem Zoo in Wolgograd, und der Dritte wurde vor zwei Jahren als Waisenkind halb verhungert in der arktischen Wildnis gefunden."

Pandhu ließ seine Blicke zwischen den drei Eisbären hin und her schweifen. Für ihn sah einer aus wie der andere. Aber eine innere Stimme riet ihm, er solle nicht vorschnell entscheiden. Also bat er um Bedenkzeit. Der Zoodirektor erwiderte: "Kein Problem. Du kannst dir für deine Wahl alle Zeit der Welt lassen. Am besten ich gebe dir zu jedem Bären eine Kopie seiner Akte. Aber selbstverständlich kannst du zur Begutachtung auch gerne nochmals selber vorbeikommen oder jemand anderen vorbeischicken."

Larissa lieferte Pandhu mittags wieder bei dessen Hotel ab und ermahnte ihn vorausschauend: "Ruh dich ein bisschen aus und sammel deine Kräfte für den heutigen Abend! Du wirst sie brauchen. Ich hole dich um sechs Uhr ab. Und dann fahren wir gemeinsam zu einem Zoo, in dem es deutlich wilder zugeht als vorhin. Die Fahrt zur Datscha des Bürgermeisters wird etwa zwei Stunden dauern."

Pandhu machte ein Nickerchen. Dann beschloss er, Dönpo anzurufen. Es meldete sich dessen Anrufbeantworter: "Hier ist die Mailbox von Dönpo. Ich rufe zurück, sobald es das Chaos erlaubt."

Er sprach auf die Mailbox: "Hallo Dönpo! Hier ist Pandhu. Vielleicht wunderst du dich über meinen Anruf, aber ich hätte da mal eine Frage. Ich bin momentan in Moskau. Eben habe ich den hiesigen Zoo besucht und darf mir nun unter drei Kandidaten meinen Eisbären für Delhi aussuchen. Für mich sahen alle drei gleich aus. Ich wollte aber nicht würfeln. Oder ist Würfeln eine gute Strategie, um den Energien des Universums zu folgen? Wie wählt man unter drei Eisbären den richtigen aus?

Heute Abend bin ich übrigens bei Boris, dem Moskauer Bürgermeister, zum Sommerfest auf dessen Datscha eingeladen. Larissa ist auch mit dabei. Wenn ich ihre Andeutungen richtig verstanden habe, scheint die Party eine Art von Manöver in der Taiga zu sein."

Eine Stunde später rief Dönpo zurück: "Hallo Pandhu! Das ist aber eine nette Überraschung, dass du dich meldest. Ich dachte schon, unser Projekt würde ohne mich laufen oder sei längst im Papierkorb der Geschichte gelandet.

Ich veranstalte gerade wieder ein Seminar über die Harmonie des Chaos. Nach dem Abhören meiner Mailbox habe ich eben nach der Mittagspause ein Räucherstäbchen angezündet und die Seminarteilnehmer gefragt, was sie in dem Rauch sehen. Die Antworten waren: Steigender Meeresspiegel, Gemüsesuppe, eine Schneeflocke im Fegefeuer, eine Katze, Feinstaub und Ähnliches. Dann habe ich den Teilnehmern Papier und Bleistift gegeben und sie gebeten, mit einer beliebten Zen-Übung weiterzumachen. Es geht dabei um das Malen des Rauchs. Die Übung erfordert, dass man mit voller Konzentration ein wirklichkeitsgetreues Bild des zuvor gesehenen Rauchs erstellt. Das ist zwar eine Übung für Fortgeschrittene, die ich den Teilnehmern meines Seminars normalerweise nicht zumute, aber sie hat den Vorteil, dass ich nun ein wenig Zeit habe, um mit dir zu telefonieren."

Pandhu freute sich über Dönpos schnellen Rückruf und schilderte seine Unsicherheit bei der Eisbärwahl. Dönpo hatte dazu aber sofort eine klare Meinung: "Es ist völlig offensichtlich: Das Chaos stellt dich mit der Eisbärwahl auf die Probe. Und diese Probe musst du bestehen, wenn die Menschen in Delhi dich erneut zum Bürgermeister wählen sollen. Wenn du den falschen Eisbären wählst, werden auch die Menschen in Delhi die falsche Wahl treffen.

Aber es gibt einen Weg, um die richtige Lösung zu finden.

Wenn dich das Chaos auf die Probe stellt, dann musst du im Gegenzug das Chaos auf die Probe stellen. Mit anderen Worten: Wenn das Chaos dir eine Frage stellt und du die richtige Antwort nicht kennst, dann gib die Frage an das Chaos zurück. Es klingt zwar paradox, jemandem dieselbe Frage zu stellen, die derjenige dir zuvor gestellt hat. Im Falle des Chaos funktioniert das aber, denn das Chaos ist so chaotisch, dass es auch Fragen stellt, auf die es die Antwort bereits kennt.

Daher hat dir dein Instinkt auch geraten, deine Eisbärfrage an jemand anderen weiterzugeben, und deshalb hast du mich angerufen. Ich weiß aber auch nicht, welcher der drei Eisbären der richtige ist. Mir scheint allerdings, die Eisbärwahl sollte von derselben Instanz entschieden werden, die auch über deine Wiederwahl entscheiden wird. Also: Deine Wähler müssen entscheiden. Nur so wird es der richtige Eisbär."

Verdutzt fragte Pandhu: "Aber wie soll das denn gehen?"

Dönpo überlegte kurz. Dann erklärte er: "Ein Eisbär-Casting im indischen Fernsehen wäre ein guter Weg. Casting-Shows gibt es doch bestimmt auch in Indien. Wir produzieren einfach eine neue Variante: Indien sucht den Super-Bären! Die drei Kandidaten werden in der Show vorgestellt, und die Inder entscheiden per Telefon-Voting, welcher Eisbär der richtige ist für Delhi."

Pandhu rang nach Worten: "Vielleicht ist es ja doch pragmatischer, wenn ich einfach würfele. Ist das nicht auch ein Weg, vom Chaos eine Antwort zu erhalten?"

Daraufhin entgegnete Dönpo: "Du brauchst aber nicht einfach irgendeine Antwort vom Chaos, sondern du brauchst die richtige Antwort vom Chaos. Das Chaos ist so chaotisch, dass es manchmal die falsche Antwort gibt, wenn die Frage allzu chaotisch gestellt wird. Von Chaoten bekommt man nur dann die richtige Antwort, wenn man sich ein wenig Mühe gibt. Und das Chaos gehört schon auch zu den Chaoten."

Pandhu gab nur ein "Hm" von sich.

Daher fuhr Dönpo fort: "So schwierig kann es nicht sein, einen Kameramann im Moskauer Zoo drei Eisbären filmen zu lassen, das Ganze in irgendeinem indischen Sender zu zeigen und als Untertitel drei Telefonnummern einzublenden. Es müssen ja nicht alle Inder zuschauen, eine repräsentative Auswahl reicht völlig. Ich fliege auch gerne nach Moskau und moderiere das Ganze. Übermorgen zum Beispiel könnte ich vorbeikommen. Da habe ich noch nichts anderes vor."

Pandhu zögerte. Also redete Dönpo weiter auf ihn ein, bis Pandhu schließlich in das Eisbär-Casting einwilligte: "Okay. Vermutlich ist es machbar. Wir haben in Delhi mehrere lokale Fernsehsender. Ich werde meine Sekretärin Nirmala darauf ansetzen, dass einer von diesen geeignete Bilder aus dem Moskauer Zoo in sein Programm aufnimmt."

Dönpo bekräftigte: "Ich bin überzeugt, das ist ein ganz hervorragender Plan. Und versuch bitte, es so einzurichten, dass die Aufnahmen mit den Eisbären übermorgen gemacht werden! Ich möchte nämlich beteiligt sein, wenn Indien den Super-Bären sucht. Ich bin sicher, das bringt Karma-Punkte.

Und nun werde ich die Teilnehmer meines Seminars vom Malen des Rauchs erlösen."

Pandhu erwiderte: "Und ich werde mich seelisch mit dem Eisbär-Casting anfreunden. Aber gleich geht es erst mal zum Sommerfest meines Moskauer Amtsbruders."

Daraufhin meinte Dönpo: "Oh, oh, lass dich warnen! Die Neureichen in Russland sind manchmal ein bisschen anstrengend. Der Übergang vom Kommunismus zum Kapitalismus zerreißt manchen von ihnen beinahe das Hirn, und dann kommen sie zu mir ins Seminar und suchen nach Harmonie."

Nach Ende des Gesprächs griff Pandhu wieder zum Hörer und rief bei Nirmala in Delhi an. Er berichtete ihr von dem Telefonat mit Dönpo und bat sie, für den Abend des übernächsten Tages Sendezeit bei einem der örtlichen Sender Delhis zu reservieren. Nirmala war weniger überrascht von dem Plan, als Pandhu erwartet hatte. Nüchtern stellte sie fest: "Nun ja, ein Eisbär nützt nichts, wenn es keiner mitkriegt."

Am Ende des Gesprächs war Nirmala aber völlig klar, dass Pandhus Wiederwahl gerade in ihre Hände gelegt worden war. Wenn Pandhus Eisbärprojekt im Nirwana verpuffen würde, dann würden auch alle von Pandhu initiierten Projekte zur Stadtentwicklung Sanjay und seine Shiva-Tigers nicht davon abhalten, im November das Rathaus von Delhi zu erobern. Daher setzte Nirmala an diesem Abend alle Hebel in Bewegung, die sie finden konnte.

12. Kapitel
Juni 2013 in Moskau

Das Super-Ufo

Als Pandhu sich am frühen Abend zur vereinbarten Uhrzeit in die Hotelhalle begab, war Larissa bereits eingetroffen. Sie erkundigte sich bei ihm: "Und? Bist du bereit für die Schlacht?"

Lässig erwiderte Pandhu: "Von mir aus können wir die Party von Boris im Sturm erobern."

Larissa nickte anerkennend: "Das ist genau die richtige Einstellung."

Pandhu konnte sich keinen rechten Reim auf all die Vorwarnungen machen und fragte: "Was ist denn eigentlich so wild am Sommerfest des Moskauer Bürgermeisters?"

Larissa machte eine vage Handbewegung und gab zurück: "Du wirst schon sehen."

Dann führte sie Pandhu zum Parkplatz und steuerte zielstrebig auf einen schweren schwarzen Geländewagen mit Elchfänger zu. Pandhu fragte neugierig: "Ist das dein Zweitwagen? Heute Morgen sind wir doch noch mit deinem weißen Porsche gefahren."

Larissa erwiderte: "Nein, nein. Diesen Wagen habe ich nur für den heutigen Abend gemietet. Ich dachte, wir sollten gut gerüstet sein."

Sie stiegen in den Wagen. Larissa setzte sich ans Steuer, zeigte der Reihe nach auf einige Knöpfe am Armaturenbrett und erläuterte: "Nebelwerfer, Tarnkappe, Nuklearantrieb, Senkrechtstarter . . ."

Pandhu sah Larissa mit großen Augen an. Sie musste lachen und meinte: "Nicht ganz, aber fast."

Dann fuhren sie los. Der Verkehr in den Straßenschluchten der Moskauer Innenstadt war zäh und wurde immer zäher. Larissa stöhnte: "Bei diesem Tempo kommen wir aber heute Abend nicht bis Wladiwostok."

Sie öffnete ihr Seitenfenster, griff neben sich, pflanzte ein Blaulicht auf das Fahrzeugdach und schaltete es ein. Der beabsichtigte Effekt trat ein, und sie konnten schneller fahren. Pandhu brachte sein Erstaunen zum Ausdruck, und Larissa erklärte: "Das ist eine Sonderausstattung, um die ich bei der Reservierung des Wagens gebeten hatte. Dieses Extra ist nicht unüblich in Moskau. Man braucht allerdings eine

Lizenz. Die ist zwar nicht ganz billig, aber sonst hätte hier jeder ein Blaulicht."

Nachdem er das verdaut hatte, meinte Pandhu: "Aber wir fahren doch nicht nach Wladiwostok. Wladiwostok liegt doch am Pazifik, oder?"

Larissa erläuterte: "Wenn hier in Moskau jemand von Wladiwostok spricht, dann ist das nur eine Redensart, und er meint damit nichts weiter als die Moskauer Vororte."

Nachdem sie sich den Weg durch das schlimmste Getümmel des Moskauer Zentrums gebahnt hatte, holte sie das Blaulicht wieder vom Dach, und die Fahrt ging nun zügig über Autobahnen weiter. Pandhu erzählte von seinem Gespräch mit Dönpo und dem Plan, ein Eisbär-Casting zu veranstalten. Larissa reagierte allerdings genauso wenig erstaunt wie Nirmala: "Kein Problem. Da ich Sponsorin der Moskauer Eisbären bin und der Eisbär Markenzeichen meiner Eiscreme ist, habe ich zu Werbezwecken auch schon Filmaufnahmen im Eisbärgehege machen lassen. Ich werde unseren Zoodirektor über das Vorhaben ins Bild setzen. Dass er gegen eine genauere Begutachtung der Eisbären nichts einzuwenden hat, hat er ja schon gesagt."

Nachdem sie anderthalb Stunden unterwegs waren, verließ Larissa die Autobahn, und es ging auf geraden, aber schmaleren und weniger befahrenen Straßen weiter durch ein Waldgebiet. Es war fast acht Uhr abends. Aber da es Mittsommer war, war es noch taghell.

Schließlich bog Larissa von der Straße ab, und sie standen vor einem gut bewachten Tor. Nach Überprüfung der Einladungen ließen die Wachmänner die beiden passieren.

Hinter dem Tor fuhren sie auf gut befestigten Wegen kreuz und quer durch dichten Nadelwald. Mehrfach gabelte sich der Weg, und jedes Mal war ein Schild aufgestellt, dem man offensichtlich folgen sollte.

Nachdem sie eine Weile zwischen all den Bäumen hin und her gefahren waren, erläuterte Larissa: "Man sagt, Boris mache sich einen Spaß daraus, seine Besucher auf seinem Grundstück durch ein möglichst langes Labyrinth aus Waldwegen zu lotsen. Sein Anwesen soll seinen Gästen dadurch besonders groß erscheinen."

Pandhu fragte verwundert: "Das hier ist also alles Privatbesitz des Bürgermeisters von Moskau?"

Larissa nickte: "Davon gehe ich aus."

Daraufhin murmelte Pandhu nachdenklich: "Moskau hat offenbar einen vermögenderen Bürgermeister als Delhi."

Larissa erwiderte: "Wart erst mal ab, bis du die Datscha von Boris siehst!"

Einige weitere scharfe Kurven im Wald folgten, dann öffnete sich vor Pandhu und Larissa der Blick auf ein von Scheinwerfern angestrahltes Schloss. In der breiten gelben Front waren übereinander zwei repräsentative Fensterreihen mit kleinen Balkonen angeordnet. Darüber verlief entlang der Dachkante eine von Säulen getragene Balustrade. In der Mitte der Front führten einige Stufen zu einem reich verzierten Portal hinauf. Und rechts und links von der Fronttreppe lag jeweils ein riesiger steinerner Löwe.

Pandhu blieb die Spucke weg, und Larissa erläuterte: "Der Moskauer Bürgermeister ist Eigentümer einiger Baufirmen. Das ergänzt sich für ihn recht angenehm. Ich vermute ja, Boris wollte mit seiner Datscha seinen ganz persönlichen Traum von italienischem Barock verwirklichen."

Gegenüber vom Schloss standen in säuberlichen Reihen bereits mehr als hundert Nobelkarossen. Auch Larissa und Pandhu wurde dort ein Parkplatz zugewiesen.

Als die beiden daraufhin von ihrem Wagen zum Schloss schlenderten, ließen sie den imposanten Anblick auf sich wirken. Sie schritten die Fronttreppe hinauf und gingen durch das Eingangsportal in die Empfangshalle. Dort stand Boris und nahm seine Gäste in Empfang: "Ah, wen haben wir denn da? Larissa und Pandhu! Seid herzlich willkommen!

Na, da freue ich mich doch wirklich sehr, Pandhu, dass du tatsächlich den weiten Weg von Delhi bis zu meiner Datscha auf dich genommen hast. Ich hoffe, du wirst nicht enttäuscht sein von meinem Fest.

Und dir, Larissa, danke ich vielmals für die Versorgung meiner Party mit Eiscreme. Heute Abend wird Baikal-Eis in aller Munde sein. Hoffentlich ohne Bakterien. Und falls doch Keime im Eis sein sollten, dann töten wir sie einfach mit Wodka, nicht wahr?

Genießt den Abend! Für dich, Pandhu, habe ich übrigens eine ganz besondere Überraschung vorbereitet. Schaut euch um, dann werdet ihr schon sehen, was ich meine."

Larissa und Pandhu dankten für die Einladung, und Boris wandte sich seinen nächsten Gästen zu.

Die beiden ließen ihre Blicke durch die Empfangshalle schweifen. Opulente Kristallleuchter hingen von der Decke, und an den Wänden standen völlig überdimensionierte, aber ansonsten eher schlichte, goldfarbene Vasen, die keinem ersichtlichen Zweck zu dienen schienen.

Durch die geöffneten Türen am Ende der Halle begaben sie sich ins Freie auf eine weitläufige Terrasse, unterhalb derer sich eine ausgedehnte Wiese bis zum Waldrand erstreckte. Die Grasfläche war von einer Vielzahl von Gästen bevölkert, und in der Mitte stand ein riesiges weißes Zelt, das von der Form her einem Brotlaib ähnelte und aus dem laute Musik nach draußen drang.

Larissa nickte anerkennend mit dem Kopf und sagte: "Aha! Die Überraschung für dich ist wahrlich nicht zu übersehen."

Pandhu sah Larissa kurz fragend an, ließ dann seine Blicke suchend über das rege Treiben schweifen und meinte schließlich: "Klär mich auf!"

Schmunzelnd erwiderte Larissa: "Was glaubst du wohl, was da wie ein weißes Super-Ufo mitten auf dem Rasen steht? Das kann ja wohl nur dein Schneezelt sein."

Pandhu starrte auf die riesige weiße Halle und fragte erschrocken: "Du meinst, dieses gewaltige Monstrum soll in Delhi Heimat für einen einzigen Eisbären werden?"

Larissa erwiderte ungerührt: "Die Halle soll ja auch Heimat werden für eine winterliche Landschaft für all jene Inder, die einmal Schnee sehen wollen. Und sie soll Heimat werden für das indische Tochterunternehmen von Baikal-Eis mitsamt Produktion, Lager und Eiscafe. So hat es Franz doch mit deinem Zoo ausgehandelt."

Pandhu war verunsichert: "Ich bezweifele, dass es im Zoo von Delhi genügend Platz für eine solche Halle gibt."

Larissa mochte die Bedenken aber nicht gelten lassen: "Ach was! Das wird schon passen. Komm! Lass uns dein Schneezelt aus der Nähe anschauen!"

Daraufhin begaben sie sich von der Terrasse über die Gartentreppe hinunter auf die Grünfläche. Larissa begrüßte einige Bekannte und stellte ihnen Pandhu vor.

13. Kapitel
Juni 2013 in Moskau

Wodka

Dann betraten die beiden das große weiße Zelt, und sie tauchten ein in ein Meer aus unzähligen Menschen, lauter Musik und flackernden Scheinwerfern. Aus der feiernden Menschenmenge ragten einige Palmen empor. Auf einer Bühne tanzte eine Reihe graziler russischer Mädchen in kurzen Röckchen Cancan. Und mitten in der Halle war ein großer Swimming-Pool aufgebaut, in dem einige Gäste mehr oder weniger bekleidet herumplanschten.

Larissa rief: "Meine Güte! Ist das heiß hier drin!"

Pandhu erwiderte: "Fast so heiß wie in Delhi."

Larissa führte ihn zu einem Lastwagen, der in einer Ecke der Halle stand und als Ausgabestelle für Baikal-Eis diente. Dort wurde sie von einigen ihrer Mitarbeiter begrüßt und meinte dann zu Pandhu: "So! Nun kannst du endlich einmal selber Baikal-Eis probieren. Es gibt allerdings mehr als vierzig Sorten. Du musst also wählen, mit welcher du deine Erkundung beginnen möchtest."

Pandhu fragte: "Was empfiehlst du denn?"

Larissa schlug vor: "Wie wäre es mit Himbeer-Rhabarber-Sorbet?"

Pandhu nickte, erhielt einen entsprechenden Eisbecher und kostete. Larissa musterte ihn neugierig und fragte: "Na, was meinst du? Kann man mit meiner Eiscreme den indischen Markt erobern?"

Pandhu fand den Geschmack sehr überzeugend. Er gestikulierte mit dem Eisbecher in der einen Hand und dem Löffel in der anderen und sagte: "Das ist wirklich köstlich! Wie konnten wir in Indien bloß bis heute ohne Baikal-Eis leben?"

Larissa strahlte. Dann zogen die beiden weiter durch die Menschenmenge und erforschten das Buffet, das um einen Panzer herum angerichtet worden war, aus dessen Luken Kaviar und Champagner gereicht wurden.

Am Buffet liefen sie auch Boris erneut über den Weg. Dieser wies mit einem Arm zur Hallendecke und fragte: "Gefällt euch denn das Zelt? Das ist doch wohl eine richtig tolle Bleibe für einen Eisbären, oder etwa nicht?"

Anerkennend bestätigte Pandhu: "Auf jeden Fall. Der Eisbär wird staunen."

Boris fügte hinzu: "Ich hoffe, du hast nichts dagegen, dass du die Halle bereits nächste Woche nach Delhi geliefert bekommst. Ich will mir ja hier nicht den Rasen ruinieren."

Pandhu berichtete kurz vom geplanten Eisbär-Casting im Moskauer Zoo. Boris lobte das Vorhaben, und dann war er auch schon wieder weg, um mit anderen Gästen zu plaudern. Und etwas später hatte Pandhu auch Larissa aus den Augen verloren. Also unternahm er einige Anläufe, sich mit anderen Gästen zu unterhalten. Ein Russe erzählte ihm von seinem neuen Apartment am Hyde Park und fragte, ob Pandhu denn auch schon ein Domizil in London habe. Und ein anderer berichtete ihm von seinen Erdgasgeschäften, die anscheinend ziemlich erfolgreich liefen. Pandhu musste aber auch feststellen, dass um ihn herum reichlich Wodka floss und viele Gäste sich offensichtlich nicht scheuten, dessen Wirkung voll auszuleben. Er versuchte, in die russische Seele zu blicken und die Verhältnisse in Russland mit denen in Indien zu vergleichen, und dachte: "Diese Party hier hat allerhand Ähnlichkeiten mit den Tanzfesten der Shiva-Tigers. Auch in diesem Hexenkessel hier geht es vielen allein um den Rausch. Allerdings gibt es bei den Spektakeln der Shiva-Tigers keinen Kaviar und auch keine Oligarchen."

Einer der Gäste erzählte Pandhu, er komme aus Wladiwostok. Pandhu dachte an Larissas Bemerkung über die Moskauer Vororte und sagte: "Dann war es für Sie ja kein so weiter Weg hierher."

Der Gast schaute irritiert und erwiderte: "Der Flug dauert acht Stunden."

Pandhu war daraufhin zwar schlagartig klar, dass sein Gegenüber nicht aus den Moskauer Vororten, sondern aus der Stadt am Pazifik kam. Er beschloss aber, einfach weiter so zu tun, als käme sein Gesprächspartner aus den Außenbezirken der russischen Hauptstadt, und erwiderte daher: "Das ist aber seltsam, dass ein Flug über eine so kurze Strecke so lange dauert. Da erstaunt es mich doch, dass Ihr Flugzeug nicht wegen zu geringer Geschwindigkeit vom Himmel gefallen ist. Da geht man doch besser gleich zu Fuß, nicht wahr? Oder war es etwa ein Helikopter?"

Pandhus Gesprächspartner suchte leicht verstört das Weite, und Pandhu dachte mit einem Anflug von schlechtem Gewissen: "Okay. Der braucht jetzt wirklich einen Wodka."

Außerhalb der Halle fielen plötzlich Schüsse, aber der Gast, der gerade neben Pandhu stand, stellte nur gelassen fest: "Oh, unser lieber Boris begleicht anscheinend mal wieder offene Rechnungen."

Pandhu konnte den Kommentar nicht so recht deuten und fragte: "Er erschießt einen seiner Gäste?"

Der Herr neben ihm erwiderte ungerührt: "Nein, normalerweise nicht. Boris erlegt nur die Marder, die ihn hier auf seiner Datscha heimsuchen. Deshalb bekommt man bei ihm auch die besten Mardermützen westlich des Urals. Man sollte nur keine Mardermütze aufsetzen, wenn man ihn hier besucht. Sonst droht Verwechslung. Wenn Boris etwas sieht, das nach Marder aussieht, dann brennen bei ihm sämtliche Sicherungen durch. Vor zwei Jahren musste sogar einem seiner Gäste, der mit Mardermütze gekommen war, eine Kugel aus dem Allerwertesten operiert werden."

Ein wenig später wurde Pandhu dann von einem Mann in Uniform angesprochen: "Darf ich mich vorstellen? Shuslosnow ist mein Name."

Pandhu reagierte erfreut: "Ah ja. Sie sind der General, bei dem Boris diese Halle hier für mich beschafft hat. Können Sie dieses riesige Gebilde denn auch wirklich entbehren?"

General Shuslosnow antwortete gelassen: "Kein Problem. Ich will das Ding ohnehin nicht mehr sehen. Die militärischen Aktivitäten nördlich des Polarkreises haben ja seit dem Ende der Sowjetunion deutlich nachgelassen. Deshalb haben wir die Halle nur noch zur Pilzzucht verwendet. Aber ich mag die blöden Pilze einfach nicht mehr sehen. Irgendwie machen sie mich melancholisch. Früher gab es wenigstens noch gigantische Atompilze, aber heute kommen wir über ein paar mickrige Champignons nicht mehr hinaus. Zumindest konnte ich sicherstellen, dass die Champignons von meinem Stützpunkt dem Rest der Welt nicht auch noch als Friedensdividende angepriesen werden, sondern in unserer Kantine zu Ragout verarbeitet werden."

Pandhu bedankte sich für die Halle und versuchte, General Shuslosnow damit zu trösten, dass sie nun der indisch-russischen Freundschaft dienen werde, woraufhin General

Shuslosnow nur trocken erwiderte, das sei jedenfalls besser als Champignons.

Zu fortgeschrittener Stunde und nach einigen weiteren kurzen und meist eher verwirrenden Gesprächen mit anderen Gästen traf Pandhu Larissa wieder. Sie war müde und sagte: "Nun haben wir schon nach Mitternacht. Die Party hier geht weiter bis zum Frühstück. Aber so lange bleiben wir nicht, oder? Fahren wir zurück nach Moskau?"

Pandhu war einverstanden. Boris war nicht zu sehen, und so gingen die beiden zum Parkplatz, ohne sich bei ihm zu verabschieden.

Zunächst fuhren sie durch den Wald, der die Datscha des Moskauer Bürgermeisters weiträumig umschloss. Die Sonne war nur knapp hinter den Horizont gerutscht, und über den dunklen Bäumen schimmerte ein weißlicher Himmel. Rehe und Marder huschten über den Weg. Im Vertrauen auf den Elchfänger vor dem Kühler gab Larissa aber trotzdem kräftig Gas.

Während der Rückfahrt hingen die beiden meist schweigend ihren jeweils eigenen Gedanken nach. Nur ab und zu wechselten sie ein paar Worte. Auf Larissas Frage, ob es ihm denn gefallen habe, kam von Pandhu: "Ich fand es schon irgendwie krass. Aber auch Delhi ist oft krass. Zwischen Delhi und Moskau gibt es zwar große Unterschiede, aber auch manche Gemeinsamkeiten. Zumindest haben beide Städte eindeutig einen Hang zum Extremen."

Larissa erläuterte: "Wer zeigen will, dass er in Moskau etwas zu sagen hat, der muss es richtig krachen lassen. Das gilt nicht nur für Boris. Glaub ja nicht, seine Datscha sei die größte in der Umgebung von Moskau."

Larissa setzte Pandhu am Eingang seines Hotels ab, und

Pandhu war froh, als er schließlich umgeben von der wohligen Wärme seines Bettes in tiefen Schlaf versinken konnte.

Den folgenden Tagesanbruch ignorierte er schlafend, bis ihn das Klingeln seines Handys weckte. Nirmala war am Apparat. Sie war offenkundig bester Laune und erklärte, es gebe hervorragende Neuigkeiten. Pandhu war ein wenig irritiert über so viel Frohsinn so kurz nach dem Aufwachen und grummelte ein bisschen vor sich hin. Nirmala ließ sich davon aber nicht beirren und verkündete euphorisch: "Du hast die Schlagzeilen zurückerobert! Soll ich dir die Überschriften einiger Artikel vorlesen? Eine Zeitung schreibt zum Beispiel: Pandhu holt aus zum Gegenschlag. In einer anderen Zeitung steht: Pandhu findet neue Verbündete. In einem weiteren Blatt kann man lesen: Tommy moderiert Eisbär-Casting, Show-down in Moskau. Und so weiter."

Pandhu dachte, er höre nicht recht. Schlagartig war er aber hellwach und fragte: "Wie ist das denn passiert? Und was hat Tommy damit zu tun?"

Tommy war der prominenteste Moderator des indischen Unterhaltungsfernsehens. Er war seit Jahrzehnten im Show-Business und wohnte in Mumbai. Auch wenn sein Rufname englisch klang, war er doch ein waschechter Inder. Sein Erkennungszeichen war allerdings, dass er sich seine Haare blond färben und zu prächtigen Locken frisieren ließ.

Nirmala antwortete auf Pandhus Fragen: "Ich habe gestern nach deinem Anruf einige deiner Mitstreiter aktiviert, und wir haben den ganzen Abend lang telefoniert. Wie die Ameisen sind wir über die Fernsehsender hergefallen und haben allen, ob sie es nun hören wollten oder nicht, von dem geplanten Eisbär-Casting in Moskau erzählt. Wir haben bei den Sendern jede Menge Wirbel gemacht und die zuständigen Leute dort ganz gewaltig aufgescheucht. Es gab viel Hin und Her. Und schließlich geschah das Unglaubliche: Tommy höchstpersönlich rief bei mir an und erklärte, dass Channel-Six ihn kontaktiert habe und dass er für den Fall einer exklusiven Vergabe der Übertragungsrechte an Channel-Six die Eisbär-Show moderieren könne. Da habe ich natürlich sofort zugesagt, und heute kann es bereits jeder in der Zeitung lesen: Channel-Six überträgt morgen Abend landesweit das Eisbär-Casting live aus Moskau, und Tommy wird moderieren."

Pandhu staunte. Recht schnell begriff er aber auch, dass sein Wahlkampf soeben eine ganz erstaunliche Wendung zum Positiven genommen hatte. Anerkennend meinte er zu Nirmala: "Du bist wirklich ein Schatz! Was würde ich nur ohne dich machen? Wir sollten die Rollen tauschen. Du wirst Bürgermeisterin von Delhi, und ich kümmere mich um das Sekretariat."

Nirmala konterte trocken, aber mit ironischem Unterton: "Über den ersten Teil deines Vorschlages können wir gerne nachdenken. Beim zweiten Teil sehe ich allerdings ein kleines Problem. Weshalb sollte ich annehmen, dass man dir das Sekretariat anvertrauen kann?"

Die beiden mussten lachten.

Mittags traf sich Pandhu mit Larissa, und er berichtete ihr von den neuesten Ereignissen. Auch Larissa gefiel der Gedanke, dass das Eisbär-Casting nunmehr eine große Show im indischen Fernsehen werden sollte.

Dann fuhren die beiden zur Besichtigung der Produktion von Baikal-Eis an den Stadtrand von Moskau. Dort bestellte Larissa zunächst beim Moskauer Zoo Freikarten für all ihre Mitarbeiter. Dann führte sie Pandhu durch die Werkshallen. An einer Stelle wies sie auf eine Freifläche und meinte: "Hier stand bis vor Kurzem noch die Fertigungsanlage, die sich gerade gut verpackt in drei Containern auf dem Weg nach Delhi befindet."

Nach dem gemeinsamen Rundgang machte Larissa über Lautsprecher eine Durchsage an die Belegschaft und gab ihr für den Nachmittag des folgenden Tages frei. Nachdrücklich bat sie ihre Mitarbeiter, zum bevorstehenden Eisbär-Casting zu gehen, und wies darauf hin, dass für jeden von ihnen am Eingang des Zoos eine Freikarte hinterlegt werde.

Abends telefonierte Pandhu schließlich nochmals mit Dönpo, der zunächst ein wenig enttäuscht war, dass er als Moderator für das Casting durch Tommy verdrängt worden war. Dönpo bestand aber darauf, dennoch nach Moskau zu kommen, und verkündete: "Larissa, du und ich: Wir werden eine Jury bilden und die Auftritte der Eisbären vor laufender Kamera kommentieren."

14. Kapitel
Juni 2013 in Moskau

Der Weißheitstest

Am nächsten Morgen begannen dann im Zoo von Moskau die Vorbereitungen für die große Show. Es war vorgesehen, das Freigelände des Eisbärgeheges allein den drei Eisbären und ihren Pflegern zu überlassen. Dafür war der Bereich, wo sich sonst die Zoobesucher tummelten, um das Freigelände zu betrachten, für den Showmaster und die Jury bestimmt. Auch für die Zuschauer wurde dort im Halbrund eine provisorische

Tribüne mit Stehplätzen aufgebaut. Für die Jury wurde ein Podest mit Tisch und Stühlen herbeigeschafft. Der indische Fernsehsender Channel-Six hatte darauf verzichtet, ein indisches Kamerateam einfliegen zu lassen, und stattdessen ein russisches angeheuert, das nun emsig dabei war, seine gesamte Ausrüstung in Stellung zu bringen. Kabel wurden verlegt, Scheinwerfer positioniert und Mikrofone aufgebaut. Und mit den drei Tierpflegern, die eingeteilt waren, während der Show jeweils einen der drei Eisbären vorzuführen und unter Kontrolle zu halten, wurden die geplanten Show-Einlagen der Eisbären besprochen.

Mittags traf Dönpo im Zoo von Moskau ein. Nachdem Larissa und Pandhu ihn begrüßt hatten, ließ er sich die Eisbären vorführen.

Der Zoodirektor erläuterte: "Sie haben bei der Mittags-fütterung Zusatzrationen und jeweils auch ein paar Beruhi-gungspillen erhalten. Daher stehen die Aussichten eigentlich ziemlich gut, dass sie sich in den nächsten Stunden sowohl untereinander als auch gegenüber ihren gewohnten Pflegern friedlich verhalten werden."

Auch Dönpo fand, dass sich die Eisbären recht ähnlich sahen, und wollte daher wissen: "Wie halten wir die drei denn für das Publikum auseinander?"

Darauf hatte der Zoodirektor bereits eine Antwort parat: "Jeder bekommt einen Farbklecks auf den Rücken. Einer grün, einer blau und einer rot. Abwaschbar natürlich."

Dönpo gefiel die Methode. Lächelnd schaute er auf die drei Eisbären und verkündete: "Also taufe ich euch hiermit auf die Namen Green, Blue und Red."

Dann erkundigte er sich beim Zoodirektor: "Habt ihr denn vielleicht eine Künstlergarderobe hier?"

Der Zoodirektor erklärte, das lasse sich einrichten, und verschwand mit Dönpo in Richtung der Verwaltungsgebäude. Einige Zeit später kam Dönpo von dort als rot-gelb gewandetes Ebenbild des Dalai Lama zurück zu Larissa und Pandhu. Er ließ sich von allen Seiten bewundern und erklärte: "Alles ist ein Kreislauf aus Ursache und Wirkung. Nur wer sich passend kleidet, kann hoffen, dass die Energien des Universums auf seiner Seite sind."

Etwas später kam auch Tommy im Zoo der russischen Hauptstadt an, nachdem er standesgemäß in der First-Class von Mumbai nach Moskau geflogen war. Er gesellte sich zu den anderen und ließ seine blonden Locken um sein Gesicht wehen. Dönpo bat ihn, nach den Show-Einlagen der Eisbären Kommentare bei der Jury einzuholen, die er zusammen mit Larissa und Pandhu bilden wollte. Tommy nickte. Pandhu kannte ihn zwar aus dem Fernsehen und war ihm auch schon auf einigen größeren Veranstaltungen persönlich begegnet. Aber der gemeinsame Auftritt vor laufender Kamera an diesem Abend würde eine Premiere sein. Nicht zuletzt deshalb war Pandhu sehr gespannt auf die Show.

Dann brachte Dönpo Larissa und Tommy zu den zur Künstlergarderobe umfunktionierten Räumlichkeiten. Ein wenig später kam Larissa von dort in einem eleganten weißen Kleid zurück, und Tommy erschien in einem schrillen Outfit aus grüner Hose, gelbem Hemd und silberfarbenem Jackett.

Die Belegschaft aus Larissas Eiscremefabrik trudelte ein, und auch andere Zoobesucher wurden durch das Geschehen angelockt. Tommy testete sein Mikrofon, gab Anweisungen an das Kamerateam und erhielt einen Zettel mit dem geplanten Ablauf der Sendung. Derweil begaben sich Larissa, Dönpo und Pandhu an ihren Jury-Tisch.

Als die provisorische Tribüne mit Zuschauern gefüllt war, wandte sich Tommy an das Publikum. Damit ihn all die Menschen auch verstehen konnten, war im Moskauer Zoo ein großer Bildschirm aufgebaut worden, auf dem mit Hilfe eines Dolmetschers Tommys englische Worte ohne große Zeitverzögerung in russischer Übersetzung zu lesen waren. Tommy erläuterte dem Publikum seine Handbewegungen zur Steuerung des Beifalls: Wenn er seine Handflächen nach oben hielt, sollte das Publikum klatschen und bei nach unten gerichteten Handflächen still sein.

Schließlich war es so weit. Alles war in Position. Der Count-down für den Beginn der Sendung lief. Zur Erheiterung des Publikums gab Tommy noch schnell eine witzige pantomimische Einlage zum Besten und hielt dann die Handflächen nach oben. Das Publikum klatschte, und Tommy sah mit strahlendem Lächeln in die laufenden Kameras und eröffnete die Sendung: "Hallo und guten Abend! Herzlich willkommen im Zoo von Moskau! Herzlich willkommen bei der Show des Jahres! Indien sucht den Super-Bären! Ich begrüße das Publikum hier in Moskau, und natürlich begrüße ich auch unsere vielen Zuschauer in Indien und in all den anderen Ländern, in denen man Channel-Six empfangen kann.

Wir senden live aus Moskau. Und wer nun meint, das kann nicht sein, denn in Indien ist es dunkel und in Moskau ist es hell, dem sei gesagt: Die Erde ist rund und dreht sich. Hier in Moskau ist es also noch nicht so spät wie in Indien.

Aber was haben wir nun vor? Na klar: Wir suchen keinen Geringeren als den Super-Bären für unser großartiges, buntes Indien, den zukünftigen Bewohner einer phänomenalen neuen Schneewelt im Zoo von Delhi. Also: Los geht's. Drei Eisbären werden antreten. Aber nur einer kann gewinnen. Daher werden wir die Kandidaten auf die Probe stellen. Jeder Bär soll zeigen, was in ihm steckt.

Aber es liegt allein in eurer Hand, liebe Zuschauer in Indien, welcher Eisbär euer Sieger wird. Nur durch eure Anrufe wird entschieden, wer von den dreien nach Delhi kommen darf. Welcher ist der schlauste, schönste, witzigste und coolste Eisbär hier? Zu jedem Kandidaten werden wir eine Telefonnummer einblenden. Und der Eisbär, der die meisten Anrufe erhält, wird der Gewinner sein.

Es lohnt sich, seine Stimme abzugeben. Jeder Anruf zählt für das Ergebnis und nimmt darüber hinaus Teil an der Verlosung von eintausend Freikarten für den Zoo in Delhi und einer Flugreise nach Moskau."

Tommy drehte seine Handflächen nach oben, und das Publikum in Moskau klatschte begeistert.

Tommy fuhr fort: "Und damit die Leistungen der Eisbären bereits in der Sendung kommentiert werden, haben wir drei großartige Juroren hier vor Ort im Zoo von Moskau. Begrüßen Sie also nun zusammen mit mir unsere herausragende Jury!"

In Indien waren nun Larissa, Dönpo und Pandhu auf den Bildschirmen zu sehen.

Tommy rief: "In der Mitte im weißen Kleid: Larissa! Prinzessin aus Sibirien, Quell aller Eiscreme und als langjährige Sponsorin der Moskauer Eisbären bestens vertraut mit allen drei Kandidaten.

Rechts von ihr sitzt Pandhu! Viele Zuschauer werden ihn kennen. Er ist nicht nur der Bürgermeister von Delhi, sondern zugleich der wichtigste Vorkämpfer für einen Eisbären und ein Schneehaus für Indien.

Und schließlich haben wir links neben Larissa im rot-gelben Gewand noch Dönpo! Weiser Mönch vom Dach der Welt, guter Freund Buddhas, ausgestattet mit einem direkten Draht zu allen Göttern des Universums.

Larissa, Pandhu und Dönpo, ihr bildet die Jury hier vor Ort. Jeder von euch darf nach jeder Übung jeweils einen Punkt an seinen Favoriten vergeben."

Nach einer Beifallseinlage sprach Tommy weiter: "Aber die Sendung heißt nicht "Indien sucht die Super-Jury", sondern sie heißt "Indien sucht den Super-Bären"! Kommen wir also nun zu den Hauptdarstellern unserer heutigen Show! Begrüßen Sie mit mir unsere Kandidaten. Hier kommt der Erste. Es ist Green!"

Green, der einen großen grünen Farbklecks auf dem Rücken trug, wurde von seinem Pfleger in das Freigelände des Eisbärgeheges manövriert. Mit kräftiger Stimme und über eine an einem Halsband befestigte Leine hielt der Pfleger den Eisbären unter Kontrolle. Green wurde in den linken Bereich des Geländes dirigiert und legte sich dort kurzerhand flach auf den Boden.

Dann kündigte Tommy den nächsten Eisbären an: "Und nun bitte ich um Beifall für Blue!"

Blue wurde ebenfalls durch einen Pfleger herbeigeführt und setzte sich in der Mitte des Geländes auf sein Hinterteil.

Daraufhin rief Tommy: "Und hier kommt Red!"

Red erschien mit seinem Betreuer und blieb im rechten Teil der Anlage stehen. Wie schon zuvor bei der Vorstellung der Jury und der beiden anderen Eisbären klatschte das Publikum begeistert.

Tommy verkündete: "Und nun zur ersten Übung, bei der es darum geht, in die Kameras zu winken! Und für den Fall, liebe Eisbären, dass ihr diese Aufforderung nicht so recht versteht, mache ich es euch jetzt einmal vor. Schaut her!"

Tommy winkte vor laufender Kamera und forderte dann die Eisbären mit Blicken und Gesten dazu auf, es ihm gleichzutun. Da die erwünschte Wirkung aber ausblieb, rief er: "Ja, was ist denn das? Haben mich die Eisbären etwa nicht verstanden? Was machen wir denn nun? Ich glaube, wir sollten die Tierpfleger bitten, ihre Schützlinge ein wenig zum Mitmachen anzuregen."

Daraufhin redete der Pfleger von Green auf seinen Eisbären ein. Dieser schien zu denken, er solle aufstehen, und erhob sich. Als sich sein Pfleger aber nicht von der Stelle rührte und ihn nur weiter mit Worten überschüttete, legte sich Green einfach wieder flach auf den Boden.

Weiter ging es mit Blue, der immer noch auf seinem Hinterteil saß. Während sein Pfleger eines von Blues Vorderbeinen knuffte, blickte Blue abwechselnd nach rechts und nach links, dann schaute er neugierig ins Publikum. Schließlich hob er ganz langsam eine Tatze und kratzte sich mit dieser seelenruhig am Kopf. Beifall brandete auf. Blue heftete seinen Blick auf das Publikum und beschloss, die eine Tatze wieder auf den Boden zu setzen, dafür aber die andere zu heben und sich nun auch mit dieser am Kopf zu kratzen. Erneuter Beifall war ihm sicher.

Dann war Red an der Reihe. Gutes Zureden seines Betreuers bewirkte, dass Red sich zunächst ein wenig in den Hüften wiegte und dann mit dem Kopf schüttelte.

Tommy wandte sich an die Jury: "Larissa, Pandhu und Dönpo! Was haltet ihr vom ersten Auftritt unserer Helden?"

Als Erste äußerte sich Larissa: "Mein Punkt geht ganz klar an Blue. Auch wenn er nicht gewinkt hat, hat er doch sehr schön mitgespielt."

Dann strahlte Pandhu in die Kamera: "Das sehe ich genauso. Das Heben der Tatzen ist ein gutes Omen, dass es mit dem Winken auch irgendwann mal klappen könnte. Blue hat den ersten Schritt nach Delhi gemacht."

Dönpo war der gleichen Ansicht: "Klarer Fall! Blues Performance war absolut hammermäßig!"

Tommy summierte: "Also geht nach der ersten Runde Blue mit drei Punkten klar in Führung."

Daraufhin rief er: "Aber so schnell ist nichts entschieden. Kommen wir zur zweiten Übung. Nun geht es darum, Futter zu wählen! Jeder Eisbär bekommt sowohl einen schönen Fisch als auch einen Eimer zuckersüße Eiscreme vorgesetzt. Dann wollen wir doch mal sehen, was passiert. Wie werden sich die drei entscheiden?"

Green war wieder als Erster am Zug. Er lag immer noch flach auf dem Boden, streckte aber zumindest neugierig seinen Kopf nach vorne und schnupperte zunächst am Fisch und dann an der Eiscreme. Nach kurzer Prüfung schubste er aber mit einer seiner Tatzen beides von sich weg.

Dann bekam Blue das Futter vorgesetzt. Er erhob sich und inspizierte die Auswahl. Dann setzte er sich wieder hin, schaute neugierig zum Publikum, hob ganz langsam eine Tatze vom Boden und kratzte sich erneut am Kopf. Die Zuschauer waren höchst erfreut, aber Fisch und Eiscreme blieben unberührt liegen.

Als Red daraufhin die beiden Speisen zur Auswahl erhielt, steuerte er ohne jedes Zögern auf den Eiscremeeimer zu. Er setzte sich auf sein Hinterteil, hob den Eimer an und begann, an der Eiscreme zu schlecken. Nicht nur er war lecker zufrieden, sondern auch das Publikum, und Tommy bat die Jury um ihre Kommentare.

Larissa hatte eine klare Meinung: "Mein Punkt geht diesmal selbstverständlich an Red. Wer Eiscreme mag, den mag auch ich."

Pandhu stimmte Larissa zu: "Red hat die richtige Einstellung zu unserem Projekt."

Dönpo dagegen erklärte: "Ich bleibe bei Blue. Ich finde, er ist die coolste Ratte hier."

Tommy fasste den Punktestand zusammen: Zwei für Red und vier für Blue. Dann rief er die Fernsehzuschauer in Indien dazu auf, zu den Telefonen zu greifen und für ihren jeweiligen Liebling anzurufen, und warb: "Unter den Anrufern verlosen wir nicht nur eintausend Eintrittskarten für den Zoo von Delhi und eine Reise nach Moskau, sondern darüber hinaus auch noch zehn Eimer Eiscreme."

Dann kündigte er die dritte Prüfung an: "Und nun machen wir den Weißheitstest! Denn es gilt: Je weißer der Eisbär, desto weiser der Eisbär. Wer Weisheit will, muss Weißheit suchen. Und wir wollen einen weisen Eisbären für Indien. Wer also ist der Weißeste hier?"

Ein vierter Tierpfleger brachte dem Betreuer von Green eine handliche Kamera. Und dann wurde in Nahaufnahme das Fell von Green durchforscht. Auch die Zuschauer im Zoo von Moskau konnten auf dem großen Bildschirm, auf dem sonst die russische Übersetzung von Tommys Moderation zu lesen war, die Untersuchung von Greens Pelz verfolgen. Danach wurde die Kamera weitergereicht, und auch Blue und Red mussten sich einer Begutachtung ihres Fells unterziehen, kamen an das strahlende Weiß von Green aber nicht ganz heran.

Larissa, Dönpo und Pandhu vergaben ihre Punkte somit an Green, und Tommy resümierte: "Die Eisbären liefern sich ein enges Rennen. Bislang drei Punkte für Green, vier für Blue und zwei für Red. Also, liebe Zuschauer an den Bildschirmen daheim in Indien, denkt daran: Jeder Anruf zählt. Und es lohnt sich, seine Stimme abzugeben. Denn wir verlosen unter den Teilnehmern nicht nur eintausend Freikarten für den Zoo von Delhi, eine Reise nach Moskau und zehn Eimer Eiscreme, sondern auch noch einhundert schneeweiße Stoffeisbären. Eintausendeinhundertelf Preise suchen ihre glücklichen Gewinner!"

Nirmala stand unterdessen umringt von einer großen Menschenmenge auf einem der Plätze Delhis, auf denen das Eisbär-Casting live aus Moskau übertragen wurde. Die Möglichkeiten für das Public-Viewing waren nicht zuletzt durch einige der großen in Delhi ansässigen Firmen geschaffen worden, die insgeheim darauf hofften, dass Pandhu durch dieses Medienereignis gegenüber Sanjay einen Teil des verlorenen Bodens wieder gutmachen würde. Es gab aber auch unzählige Zuschauer, die das Spektakel nicht im Freien verfolgten, sondern sich die Show zu Hause im Fernsehen ansahen.

Anders als in Moskau war es in Delhi bereits dunkel. An diesem Abend versammelten sich die Menschen aber im Unterschied zu den vorangegangenen Wochen nicht deshalb auf den Straßen und Plätzen der indischen Hauptstadt, um auf den rauschhaften Festen der Shiva-Tigers bei Trommellärm um qualmende Feuer zu tanzen. Vielmehr wollten sie die drei Eisbären sehen und darüber diskutieren, welcher von den dreien der richtige für den Zoo von Delhi sein könnte. Die durch Nirmalas beherzten Einsatz losgetretene Medienkampagne entwickelte sich zu einem großen Volksfest mit unzähligen fröhlichen Teilnehmern.

Nirmalas Augenmerk galt an diesem Abend allerdings nicht nur den Show-Einlagen der Eisbären. Erleichtert registrierte sie die wohlwollenden Reaktionen der Menge auf Pandhus Auftritte und erzählte jedem, der um sie herum stand: "Die Show war Pandhus Plan. Bis auf Tommy. Den habe ich engagiert!" Die Umstehenden nahmen Nirmalas Ausrufe mit leichtem Erstaunen zur Kenntnis. Denn ihnen war natürlich nicht klar, dass neben ihnen die Sekretärin des Bürgermeisters von Delhi stand, die das ganze Ereignis überhaupt erst eingefädelt hatte. Sie beschlossen, Nirmala nicht allzu ernst zu nehmen und sich über ihre offenkundige Begeisterung zu freuen.

Nirmala griff zu ihrem Handy und wählte die Telefonnummer, die für Blue eingeblendet worden war. Und auch bei den Menschen, die sie umringten, schien Blue der Favorit zu sein. Nirmala dachte: "Was man nicht alles erreichen kann, indem man sich einfach mal am Kopf kratzt."

ˋ

15. Kapitel
Juni 2013 in Moskau

Souverän

In Moskau rief Tommy nun zur vierten Übung auf: "Und jetzt fühlen wir den Eisbären auf den Zahn!"

Die Tierpfleger wurden gebeten, ihre Schützlinge zu animieren, das Gebiss zu präsentieren. Green ließ sich von den Händen seines Betreuers widerstandslos sein Maul öffnen. Blue war zwar eigentlich noch nicht an der Reihe, aber er quittierte die Vorführung von Green mit einem so schönen

Gähnen, dass Tommy dies nach Rücksprache mit der Jury als Blues Einlage gelten ließ. Red hingegen war trotz guten Zuredens nicht gewillt, seine Zähne zu zeigen.

Tommy bat die Jury um ihre Meinung, und Larissa erklärte: "Red mochte seinen Rachen nur deshalb nicht öffnen, weil ihm meine Eiscreme noch auf der Zunge zergeht. Das kann ich verstehen. Mein Punkt geht daher an Red."

Pandhu stellte fest: "So entspannt, wie Green sich das Maul hat öffnen lassen, muss er ein friedfertiger Eisbär sein. Ich gebe ihm den Punkt."

Dönpo dagegen war für Blue und erläuterte: "Ich finde, er ist ein ziemlich schlauer Fuchs. Das war doch wirklich clever von ihm, wie er Green bei dessen Vorführung nur mit einem Gähnen gewürdigt hat und ihm dadurch komplett die Show gestohlen hat."

Tommy fasste zusammen: "Die Jury hat inzwischen vier Punkte für Green, fünf für Blue und drei für Red vergeben. Aber nicht die Jury trifft die Wahl. Ihr, liebe Zuschauer in Indien, entscheidet. Also, liebe Freunde daheim, ruft für euren Favoriten an!"

Dann sprach Tommy weiter: "Und nun kommen wir zum Höhepunkt des Abends, zur fünften und letzten Prüfung! Lasst uns die multikulturelle Kompetenz unserer drei Kandidaten testen. Welcher der Eisbären hat das beste Benehmen im Umgang mit Fremden? Denn wer nach Indien will, der muss auch mit den Indern klarkommen. Und deshalb werden wir die Eisbären jetzt mit einem typischen Inder konfrontieren. Freiwillige bitte vortreten!"

Im Moskauer Publikum richteten sich einige Blicke auf Pandhu, der unter den Zuschauern allem Anschein nach der einzige Inder war. Einen Augenblick lang fühlte sich auch

Pandhu selbst angesprochen und wollte schon von seinem Sessel aufstehen, um zum Showmaster zu eilen. Aber es kam anders. Denn ein indischer Elefant wurde seitlich an der Tribüne vorbei zu Tommy geführt. Der Showmaster und der Elefant begrüßten sich, als wären sie alte Bekannte, indem sie sich ganz lässig Hand und Rüssel reichten. Daraufhin wandte sich Tommy an die Eisbären und rief: "Ja, ihr Lieben, da staunt ihr, nicht wahr? Aber könnt ihr denn auch mit den kultivierten Umgangsformen Indiens mithalten? Seid doch bitte so lieb und begrüßt den Elefanten!"

Green machte allerdings nur eine vage Drohgebärde. Auch Red mochte offenbar nicht mitspielen, denn er drehte dem Publikum und damit auch dem Elefanten demonstrativ seine Kehrseite zu. Blue dagegen machte zunächst gar nichts. Dann setzte er sich auf sein Hinterteil, sah zu dem Elefanten, zögerte kurz, hob eine Tatze und kratzte sich in aller Ruhe am Ohr. Das Publikum war hingerissen.

Als der Beifall abebbte und der Elefant die Arena wieder verlassen hatte, befragte Tommy die Jury. Larissa, Dönpo und Pandhu waren sich einig. Sie hoben Blues souveränen Umgang mit fremdartigen Geschöpfen hervor und gaben ihm ihre Punkte.

Also rief Tommy in die Kameras: "Nach dem letzten und möglicherweise entscheidenden Durchgang liegt Blue mit acht Jury-Punkten klar in Führung. Aber wird er damit auch der Sieger bei "Indien sucht den Super-Bären"? Wer wird der Eisbär für Delhi? Wer ist der Eisbär der Herzen? Werden die vielen Menschen daheim in Indien das Urteil der Jury bestätigen? Oder werden sie die Jury überstimmen? Liebe Fans vor den Bildschirmen, ruft an für euren Star, krönt den Sieger und gewinnt einen von eintausendeinhundertelf Preisen! Jetzt oder nie! Denn in fünfzehn Minuten werden wir die Leitungen schließen."

Tommy zog ein Handy aus der Tasche und hielt es in die Höhe: "Dann wird dieses Telefon hier klingeln, das ich in wenigen Augenblicken an unsere Glücksfee Larissa weiterreichen werde. Larissa wird sich anhören, welches Ergebnis das Telefon-Voting erbracht hat, und uns dann eröffnen, welchen der drei Kandidaten Indien zu seinem Super-Bären auserkoren hat."

Im indischen Fernsehen wurden nun auf Channel-Six die Schlüsselszenen der drei Kandidaten wiederholt, und dabei wurde zu jedem der Eisbären seine jeweilige Telefonnummer eingeblendet. Währenddessen ermunterte Nirmala noch einige der vielen Menschen, die um sie herum versammelt waren, für Blue anzurufen. Schließlich wurde ein Count-down eingeblendet. Und als dieser abgelaufen war, übertrug Channel-Six wieder live aus Moskau.

Dort hielt Larissa Tommys Handy neben ihr Gesicht. Zunächst dauerte es einige Sekunden, aber dann klingelte das Gerät, und Larissa hörte sich die Nachricht an. Daraufhin forderte Tommy sie auf, das Ergebnis zu verkünden: "Bitte! Spann uns nicht länger auf die Folter! Wer wird Indiens Super-Eisbär?"

Larissa strahlte in die Kameras und verkündete: "Drei Millionen Anrufer haben gewählt. Und es ist . . . Blue!"

Schlagartig richteten sich alle Kameras auf den Sieger. Blue nahm den zu seinen Ehren aufbrandenden Applaus allerdings ohne sonderliche Regungen entgegen und ließ seinen Blick gleichmütig über das Moskauer Publikum schweifen.

Die Sendung lief noch einige Minuten weiter, in denen

Tommy das Ergebnis mehrmals wiederholte und sich dann lachend und winkend von den Zuschauern verabschiedete. Oft wurde Blue eingeblendet. Aber gelegentlich tauchten auch Larissa, Dönpo, Pandhu und die Zuschauer im Zoo nochmals im Bild auf. Und der Direktor des Moskauer Zoos war zu sehen, wie er mit Konfetti um sich warf.

Alle waren bester Laune und höchst zufrieden mit dem Verlauf der Veranstaltung. Pandhu telefonierte mit einer total aufgekratzten Nirmala, die von ausgelassener Stimmung in Delhi berichtete. Er bedankte sich bei ihr und wenig später auch bei Tommy, der sich bald darauf auf seinen Heimweg nach Mumbai machte.

Am Abend führte Larissa schließlich Dönpo und Pandhu in ihr Moskauer Lieblingsrestaurant aus. Als sie dort zu ihrem Tisch geführt worden waren und Platz genommen hatten, fragte sie ihre beiden Begleiter fröhlich: "Und, was möchtet ihr jetzt essen?"

Dönpo warf Pandhu einen verschwörerischen Blick zu. Pandhu begriff sofort, was Dönpo im Schilde führte, und nickte leicht. Dann schauten die beiden gebannt auf Larissa, hielten kurz inne, hoben gleichzeitig ganz langsam eine Hand zu den Haaren und kratzten sich in aller Ruhe am Kopf. Alle lachten, und Pandhu meinte zu Dönpo: "Das Eisbär-Casting war wirklich eine tolle Idee von dir. Und ich freue mich sehr, dass du eigens dafür nach Moskau gekommen bist."

Bestätigend fügte Larissa hinzu: "Langsam glaube ich sogar, dass ich in Indien mehr als nur einen halben Eimer Eiscreme verkaufen werde, obwohl Baikal-Eis in der ganzen Show kein einziges Mal namentlich erwähnt wurde."

Dönpo stellte vergnügt fest: "Heute haben wir in der Tat sehr elegant mit den Energien des Universums getanzt. So schön gelingt das wahrlich nicht immer. Dabei sind die Energien des Universums stets präsent. Manchmal fühlt es sich allerdings nur an wie Chaos, weil wir schlicht nicht überblicken, wie sich Einflüsse und Ergebnisse stets harmonisch miteinander verbinden. Kein Eisbär-Casting und auch sonst nichts fällt einfach so aus heiterem Himmel. Es gibt ja auch keinen Regen, ohne dass zuvor Wasser verdampft."

Larissa warf Dönpo einen kritischen Blick zu. Wie bereits in den österreichischen Bergen schwankte sie zwischen Erheiterung und Kopfschütteln über dessen Auslassungen und meinte zu ihm: "Ja, ja! Das mag ja alles wahr sein. Aber lass es jetzt bitte gut sein mit deinen schrägen Sprüchen. Du könntest auch einfach eingestehen, dass du nur deshalb auf die Idee mit dem Eisbär-Casting gekommen bist, weil du mit jeder deiner Seminargruppen auf dem Parkplatz vor dem Hotel ein Auto-Casting veranstaltest und dich dabei jedes Mal köstlich amüsierst."

Unverdrossen erwiderte Dönpo: "Aber du musst doch zugeben, dass ein Porsche ein schickes Auto ist? Immerhin hast du ja selber einen."

Larissa konterte: "Du lenkst ab, Dönpo. Mir wird langsam klar, dass hinter all deinen Weisheiten ein ziemlich simples Schema steckt."

Dönpo lachte: "Schau her! Larissa hat weitere Harmonien im Chaos entdeckt. Aber lass dir sagen: Hinter aller Weisheit steckt ein simples Schema. Mehr als objektive Betrachtung der Wirklichkeit und ihrer Energien braucht man nicht als Schlüssel zum Nirwana."

Larissa hatte sichtlich ihren Spaß, entgegnete aber trocken: "Ich warne dich, Dönpo. Ich bin eine sehr gute Stammkundin in diesem Restaurant. Wenn du noch mehr so schlaue Sprüche verzapfst, dann lasse ich dich vom Türsteher hinauswerfen."

Dönpo mimte den Unschuldigen und fragte: "Meinst du denn, der Türsteher verkörpert ausreichende Energien, um mich vor die Tür zu setzen?"

Larissa erwiderte: "Da bin ich mir absolut sicher."

Dann bat sie den Ober, den Türsteher zu holen. Als dieser daraufhin erschien und sich neben dem Tisch aufbaute, ließ er die Muskeln spielen und fragte: "Darf ich hier etwa jemanden an die frische Luft begleiten?"

Larissa zeigte auf Dönpo, worauf dieser nur ganz cool zum Türsteher aufblickte und sagte: "Versuch es doch! Aber ich warne dich: Ich kann Kung-Fu."

Die Augen des Türstehers blitzten drohend auf. Larissa und Pandhu lachten, und Larissa klärte den Türsteher darüber auf, dass es sich nur um einen kleinen Scherz handele, und ließ ihn wieder gehen.

Larissa, Dönpo und Pandhu unterhielten sich fröhlich weiter und ahmten dabei noch mehrfach nach, wie Blue sich während der Show genüsslich am Kopf gekratzt hatte. Für alle war es ein sehr schöner Abend.

Als Pandhu sich dann am nächsten Morgen in seinem Moskauer Hotel an der Rezeption zum Check-out einfand, wurde ihm von einem der Hotelangestellten eine große würfelförmige Box entgegengehalten: "Das wurde hier bei uns für Sie abgegeben."

Pandhu öffnete die Kiste und fand darin zusammen mit einer Grußkarte eine prächtige Mardermütze. Auf der Karte stand: "Für den Bürgermeister von Delhi. Mit den besten Wünschen vom Bürgermeister von Moskau."

Pandhu setzte die Mütze auf, und Dönpo, der sich gerade

ebenfalls an der Rezeption abmeldete, würdigte den Anblick: "Super! Das Teil steht dir wirklich gut. Ich frage mich nur, was du damit in der Hitze Delhis anfangen willst?"

Daraufhin erwiderte Pandhu lächelnd: "Ach, ich glaube, ich habe da schon einen Idee."

Zusammen mit Dönpo ließ er sich zum Moskauer Flughafen bringen. Dönpo bestieg seine Maschine nach Wien, und etwas später flog auch Pandhu zurück nach Delhi.

16. Kapitel
Juni 2013 in Delhi

Monsun

Am Flughafen der indischen Hauptstadt wurde Pandhu abends von mehreren Reporten erwartet. Einer der Journalisten fragte: "Das war eine tolle Show in Moskau. Aber wann kommt Blue denn nun eigentlich nach Delhi?"

Pandhu antwortete: "Das wird noch ein paar Wochen dauern. Wir müssen in unserem Zoo jetzt erst einmal eine gut gekühlte Unterkunft für ihn vorbereiten. Wir werden ein riesiges Schneehaus errichten, in dem die Zoobesucher zukünftig nicht nur Blue bewundern können, sondern auch selbst im Schnee herumlaufen und spielen können."

Andere Reporter hakten nach: "Seit wann hat Delhi denn so gute Beziehungen zu Moskau? Und wie fanden Sie es überhaupt in Moskau?"

Pandhu antwortete geduldig: "Unsere Städtepartnerschaft besteht ja schon seit Langem. Aber gemeinsam mit dem Bürgermeister von Moskau und zwei Unternehmern, die den

Handel zwischen Indien und Russland gerne weiter beleben möchten, ist es uns nun gelungen, unserer Zusammenarbeit einige neue Impulse zu geben.

Sehr gut gefallen hat mir, wie grün und waldig es um Moskau herum ist und wie lange es im Sommer abends hell bleibt. Ich fand auch interessant, dass es zwischen Moskau und Delhi bei allen kulturellen Unterschieden auch manche Parallelen gibt. Jedenfalls sind beide Städte sehr groß, wachsen rasant und müssen darauf achten, dass die Kluft zwischen Arm und Reich nicht überhandnimmt."

Ein weiterer Reporter wollte wissen: "Glauben Sie, dass Sie mit dem Eisbärprojekt Sanjay und dessen Shiva-Tigers Wind aus den Segeln nehmen können?"

Zuversichtlich entgegnete Pandhu: "Drei Millionen Anrufer für Blue sind zumindest schon einmal ein sehr guter Anfang für eine Gegenoffensive gegen Sanjay. Ein Eisbär und florierende Wirtschaftsbeziehungen zwischen Indien und Russland sind für Delhi allemal eine bessere Perspektive als Sanjays Visionen von einem Tanz ins Jenseits und einer Wiedergeburt als Vogel oder Tiger."

Daraufhin wechselte einer der Journalisten zu einem anderen Thema: "Was meinen Sie? Liegt es an der Erderwärmung, dass der Monsun momentan immer noch auf sich warten lässt?"

Locker antwortete Pandhu: "Ich habe keinerlei Zweifel, dass der Monsun bereits sehr bald einsetzen wird. Ich glaube, schon morgen wird es regnen. Ich kann es riechen."

Weitere Fragen folgten: "War Tommy früher schon mal in Russland? Wie gut sind Sie eigentlich mit ihm befreundet?"

Pandhu erzählte: "Soweit ich weiß, war es Tommys erste Reise nach Russland. Wir sind auch nicht direkt miteinander befreundet, sind uns aber in den vergangenen Jahren schon einige Male über den Weg gelaufen. Jedenfalls hat es mich sehr gefreut, dass er als Moderator für die Show gewonnen werden konnten. Die Verantwortlichen bei Channel-Six haben offensichtlich geahnt, dass sie mit hohen Einschaltquoten belohnt werden, wenn sie ihn zu dem Eisbär-Casting nach Moskau schicken. Und da haben sie sich ja auch nicht getäuscht."

So ging es am Flughafen von Delhi noch eine ganze Weile weiter mit Fragen und Antworten. Pandhu konnte sich kaum erinnern, jemals einer so wissbegierigen Meute von Journalisten gegenübergestanden zu haben. Er vermutete allerdings zu Recht, dass sein Widersacher Sanjay in den vergangenen Wochen mit noch größerem Eifer von der Presse belagert worden war.

Gegen Ende des Interviews fragte einer der Reporter: "Und was machen Sie nun als Nächstes?"

Pandhu wollte schon zu einer Ausführung über die weitere Stadtentwicklung Delhis ausholen, aber dann besann er sich eines Besseren. Er schaute gut gelaunt in die Kameras, ließ einen Moment verstreichen, hob seine rechte Hand nach oben zu seinen Haaren und kratzte sich in aller Ruhe schweigend am Kopf. Die Reporter lachten über seine Imitation von Blues Auftritt in Moskau, und ein Blitzlichtgewitter ging über ihn nieder.

Als Pandhu am nächsten Morgen wieder in seinem Büro im Rathaus von Delhi erschien, wurde er von Nirmala freudig begrüßt: "Das Eisbär-Casting war absolut spitzenmäßig! Blue war der Held des Abends und natürlich auch mein Favorit."

Sie zeigte Pandhu einen Stapel Zeitungen: "Gestern war er fast überall auf dem Titelbild. Aber schau! Heute kann man sogar in einigen Blättern auf der Frontseite bewundern, wie du dich gestern Abend am Flughafen am Kopf gekratzt hast. Ich denke, du solltest dich von nun an regelmäßig in aller Öffentlichkeit am Kopf kratzen. Wenn Blue damit die Wahl gewinnen konnte, kannst du das ja vielleicht auch."

Pandhu lobte Nirmala daraufhin überschwänglich für ihre Kontaktaufnahme zu Channel-Six: "Wie schön, dass das Eisbär-Casting nicht nur aus zwei Minuten im lokalen Werbefernsehen von Delhi bestand."

Nirmala wiegelte ab: "Das hast du nicht allein mir zu verdanken. Beim Einwirken auf die Fernsehsender waren auch noch andere beteiligt, die deine Wiederwahl ganz entschieden bevorzugen würden."

Im Verlauf des Tages setzte dann mit ungewöhnlicher Wucht der Monsun in Delhi ein. Da Pandhu den Regen vorhergesagt hatte, erntete er am nächsten Tag weitere wohlmeinende Presseberichte. In einem Blatt stand: "Pandhu glänzt als Regenmacher." Und eine andere Zeitung schrieb: "Er kam, kratzte sich und machte alle nass."

Neben der Eisbär-Show bewirkte auch das Einsetzen des Monsuns, dass die Anzahl und die Intensität der Tanzfeste der Shiva-Tigers Ende Juni nachließen. Sanjay musste hinnehmen, dass die Begeisterung für ihn und seine Bewegung ein wenig schrumpfte.

Zornig beschloss er, gegen die geplante Ansiedlung von Blue im Zoo von Delhi anzugehen und verkündete: "Wir wollen keinen Multi-Kulti-Zoo in Delhi! Wenn die Götter gewollt hätten, dass es in Indien Eisbären gibt, dann schwömmen auch Eisberge vor Mumbai. Ich rufe die Menschen in Delhi auf, sich gegen diese widernatürliche Überfremdung zu wehren. Wir haben doch auch keine Marsmännchen im Zoo von Delhi. Wir sind stolz auf unsere indische Tierwelt und brauchen keine Fremdlinge. Wir haben die weißen Kolonial-herren aus unserem Land gejagt, also werden wir auch diesen weißen Bären nicht hier dulden. Im Namen der Shiva-Tigers rufe ich dazu auf, morgen den Tigern im Zoo von Delhi einen Besuch abzustatten, ihnen dadurch Respekt zu erweisen und damit ein Zeichen zu setzen für unsere indische Heimat und gegen Pandhu und seine verräterischen Pläne."

Als der Zoodirektor von Sanjays Appell erfuhr, fragte er sich zwar besorgt, zu welchen Komplikationen der Aufruf möglicherweise führen könnte. Er schob seine Bedenken aber zur Seite und sagte sich: "Es kann doch wohl nicht meine Aufgabe sein, Menschen vom Besuch des Zoos und vom Kauf von Eintrittskarten abzuhalten."

Am nächsten Tag folgten Tausende Anhänger der Shiva-Tigers Sanjays Appell und strömten in den Zoo. Zunächst ging es noch entspannt zu, dann wandelte sich der Besucher-andrang aber zusehends in eine Demonstration. In lauten Sprechchören wurden die Parolen der Shiva-Tigers skandiert. Und am Eingang des Zoos riss der Zustrom nicht ab.

Der Zoodirektor verfolgte mit wachsendem Unbehagen den zunehmenden Aufruhr und die mangelnde Rücksicht-nahme der protestierenden Menschenmenge auf die Tiere im Zoo. Er beschloss, den Eingang des Zoos für weitere Be-sucher sperren zu lassen. Dann ließ er die Tiger aus ihrem Freigelände ins Tigerhaus bringen, um zu verhindern, dass die Demonstranten sie für ihr Spektakel instrumentalisieren konnten. Die Versuche des Zoodirektors, das allgemeine Durcheinander ein wenig einzudämmen, wurden von den Anhängern der Shiva-Tigers allerdings als Provokation ge-wertet, sodass sich die Gemüter weiter erhitzten.

Als die Situation in Gewalt umzuschlagen drohte, rief der

Zoodirektor schließlich die Polizei zu Hilfe. Als die Sicherheitskräfte eintrafen, brachten sie die Lage nach und nach wieder unter Kontrolle und räumten den Zoo.

Mit diesem Vorfall hatten Sanjay und seine Shiva-Tigers die Schlagzeilen zurückerobert. Die Ereignisse wurden von der Presse zwar überwiegend kritisch kommentiert, aber sie hatten allen vor Augen geführt, dass Sanjay weiterhin über eine umfangreiche und zu allem entschlossene Gefolgschaft verfügte. In den folgenden Tagen nahmen dann auch die nächtlichen Tänze der Shiva-Tigers und ihrer Anhänger bei Trommelschlag und Feuerschein wieder zu.

Pandhus eben erst wiedergewonnene Zuversicht im Hinblick auf die Wahl des Bürgermeisters im November relativierte sich deutlich. Er hatte zwar ein wenig gegenüber Sanjay aufgeholt, musste aber weiterhin um seine Wiederwahl bangen. Nirmala dagegen ließ sich ihre gute Laune nicht verderben und meinte: "Was sind schon ein paar Tausend Randalierer gegen drei Millionen Anrufe für Blue?"

17. Kapitel
Juli 2013 in Delhi

Hilfstruppen

Einige Tage später kam Franz aus London zurück. Er zählte Pandhu beinahe verschämt die Namen der Investment-Gesellschaften und Hedge-Fonds auf, die ihr Portfolio um Aktien der Delhi-Moskau-Banking-Corporation und der Baikal-India-Corporation erweitert hatten: "Es war so kinderleicht, dass ich mich kaum bremsen konnte. Einige meiner

Gesprächspartner haben einfach nur genickt und gekauft. Und andere haben sich mit Aktien eingedeckt, obwohl sie nicht gerade schmeichelhafte Ansichten über mich und den Wert der Aktien hatten. Ein Käufer meinte: Das will ich sehen, wie du deine zweite Bank in die Bananen semmelst. Ein anderer sagte: Ein paar indische Verluste kommen mir gerade ganz gelegen für die Steuer. Und von einem Dritten kam: Die Staatshilfen, die uns vor dem Ruin bewahren, bekommen wir vermutlich leichter, wenn wir auf entwicklungspolitisches Engagement verweisen können. So habe ich mehr Geld eingesammelt, als wir im Moment eigentlich brauchen."

Auch sonst ging es zügig voran. Aus der Schweiz wurden die Schneekanonen geliefert. Die Thermo-Halle wurde mit einer Sondergenehmigung der indischen Regierung von einem Flugzeug der russischen Luftwaffe eingeflogen. Und auch die Container mit der Anlage zur Produktion von Eiscreme fanden ihren Weg von Moskau nach Delhi. Im Zoo wurde ein Standort für das Schneehaus ausgewählt. Da die vorhandenen Freiflächen keinen ausreichenden Platz für die gewaltigen Ausmaße des Isolierzeltes boten, wurde das Wildschweingehege in die Planung einbezogen und kurzerhand eingeebnet, und dessen Bewohner wurden an einen anderen Zoo weitergegeben.

Die Thermo-Halle war für die russische Armee so konstruiert worden, dass sie sich schnell aufstellen und wieder abbauen ließ. Auch an einer zuverlässigen Bauanleitung hatte die russische Armee nicht gespart. Nachdem der Boden vorbereitet war, rückten mehrere Kranwagen an und setzten die einzelnen Bauteile nach und nach zusammen. Der Aufbau des Isolierzeltes im Zoo von Delhi dauerte daher nur zwei Tage. Und damit war das zukünftige Heim von Blue errichtet. Wie ein riesiger weißer Brotlaib stand die Halle zwischen den anderen Gehegen.

Pandhu stattete daraufhin dem Zoo einen weiteren Besuch ab und freute sich über den Stand der Dinge. Franz, der ihn begleitete, erläuterte die weiteren Planungen: "Den vorderen Teil der Halle verwandeln wir in die Schneelandschaft für die Zoobesucher. Der mittlere Teil wird Blues Reich. Und in den hinteren Teil der Halle kommen die Produktion und das Lager von Baikal-Eis sowie das Eiscafe."

Pandhu breitete seine Arme aus, schaute konzentriert auf die Halle und erklärte: "Mögen die Energien des Universums diese Halle in ein fröhliches Schneehaus verwandeln!"

Franz ließ einen Moment verstreichen, um zu sehen, ob Pandhus Segen irgendwelche wahrnehmbaren Wirkungen nach sich ziehen würde. Da dies aber ausblieb, sagte er: "Ich schlage vor, dass wir die Energien des Universums ein wenig verstärken, indem wir Amanda und ein paar Mitarbeiter von Larissa hierherholen. Larissas Leute sollten die Eiscreme-produktion in Gang bringen und das Eiscafe einrichten. Amanda dagegen könnte mir bei der Herrichtung der Schnee-landschaft helfen und dazu beitragen, dass wir hier ein öko-logisches Musterprojekt verwirklichen."

Pandhu hatte keine Einwände.

Binnen einer Woche trafen Amanda und zwei Spezialisten von Baikal-Eis in Delhi ein. Die beiden Fachleute aus Moskau stellten noch einige Inder als Hilfskräfte ein, und Amanda begab sich mit Franz an die Gestaltung der Schnee-welt.

Als Österreicher und Besitzer eines Schlösschens in den höheren Lagen der Steiermark war Franz den Umgang mit Schnee durchaus gewohnt. Umso mehr war er überrascht, wie viel Freude es ihm machte, zusammen mit Amanda unter Einsatz der Schneekanonen im vorderen Teil der Halle eine Schneelandschaft entstehen zu lassen, die auch nach alpinen Maßstäben keinen Wunsch der Zoobesucher unerfüllt lassen sollte. Hügel, künstliche Bäume und Blockhütten wurden errichtet, und ein möglichst abwechslungsreiches Netz aus Wegen und Spielflächen wurde angelegt. Dazu kam am Eingang der Halle ein Verleih für Schneejacken und Schneeschuhe.

Derweil werkelten in der Mitte der Halle die Mitarbeiter des Zoos an einem Gehege, das Blue in bestem Licht präsentieren sollte, das ihm aber auch ein Mindestmaß an Abschirmung und Rückzugsmöglichkeiten bieten sollte. Amanda inspizierte bei jeder sich bietenden Gelegenheit die Arbeiten an Blues künftiger Heimat und hielt sich mit Empfehlungen für Blues artgerechte Haltung nicht zurück. Die Angestellten des Zoos begannen, Amandas Ansprüche zu fürchten.

Die beiden Experten, die Larissa entsandt hatte, bauten im hinteren Teil der Halle die Anlage zur Herstellung von Baikal-Eis auf und nahmen erste bestellte Zutaten für die Eiscreme entgegen. Dann ließen sie die Produktion anlaufen und begannen, das Lager mit fertiger Ware zu füllen.

Amanda und Franz übernahmen derweil auch die Einrichtung des Eiscafes im hinteren Teil der Halle. Sie planten das Eiscafe so, dass die Zoobesucher es nicht aus der Kälte der Schneelandschaft heraus aufsuchen, sondern von außen aus der Hitze Delhis heraus ansteuern sollten. Zu den Arbeiten gehörte auch die Anbringung des Namenszuges von Baikal-Eis über dem Eingang. Und schließlich wurde rechts und links neben dem Schriftzug auch jeweils noch ein großes Schild mit dem Markenzeichen von Baikal-Eis, einem Eisbären auf blauem Grund, montiert.

Die Vorbereitung des Schneehauses für Blues Einzug ging somit zügig voran. Als der Abschluss der Arbeiten nahte, meinte Pandhu zu Nirmala: "Ich glaube, es wird Zeit, für Blue eine Reiseplanung zu machen. Buchen wir für ihn einen Platz in der Economy-Class, in der Business-Class oder in der First-Class? Oder wie machen wir das?"

Nach kurzem Nachdenken erwiderte Nirmala: "Wir werden wohl ein Frachtflugzeug für ihn chartern müssen. Aber sag mal: Wie wäre es denn eigentlich, wenn wir das Schneehaus in einem ersten Schritt ohne Blue eröffnen würden? Wir könnten unser erstes Bad im Schnee auch schon vor seinem Eintreffen nehmen. Auch die Eröffnung des Eiscafes könnte bereits ohne ihn erfolgen. Blue holen wir dann erst zwei Wochen später. So kann sich der zu erwartende Ansturm auf unsere neuen Attraktionen besser verteilen. Und das Pulver für eine gute Presse wird auch nicht so schnell verschossen."

Pandhu gefiel der Gedanke an eine doppelte Premiere zunächst nicht so gut. Er vermutete auch, dass Larissa es lieber sehen würde, wenn ihre Eiscreme und der Eisbär die indische Bühne gemeinsam betreten würden.

Amanda und Franz stellten sich allerdings hinter Nirmalas Idee. Franz meinte: "Eine Generalprobe für die Schneeland-schaft vor Blues Ankunft wäre gar nicht mal so schlecht. Dann können wir zur Not noch ein bisschen nachbessern."

Amanda fügte hinzu: "Blue hat sicherlich weniger Stress, wenn sein Einzug erst stattfindet, nachdem sich der erste Wirbel um die Schneelandschaft gelegt hat und klar ist, dass die Dinge um ihn herum in geordneten Bahnen verlaufen."

Pandhu vergewisserte sich: "Ihr meint also, dass Blue die Harmonie im Chaos sonst wohlmöglich nicht erkennt?"

Amanda und Franz lachten und nickten.

Folglich telefonierte Pandhu mit Larissa und versuchte, ihr einen Ablauf in Etappen schmackhaft zu machen. Larissa ließ sich überzeugen, und eine Zweiteilung der Ereignisse wurde beschlossen. Sie merkte allerdings an: "Ich kann aber wohl nicht zweimal im Abstand von lediglich zwei Wochen nach Delhi reisen. Also sollen die Schneelandschaft und das Eiscafe ohne mich eröffnet werden, und ich komme dann zwei Wochen später zusammen mit Blue."

Damit lag die Planung fest, und die Einweihung der Schneewelt und des Eiscafes wurde für den übernächsten Samstag vorbereitet.

18. Kapitel
Juli 2013 in Delhi

Das Schneehaus

Am Morgen des großen Tages bildete sich bereits vor Öffnung der Kassen eine lange Menschenschlange vor dem Zoo. Auch Nirmala, Pandhu und einige Reporter fanden sich am Eingangstor ein. Nirmala fragte neugierig nach der Tasche, die Pandhu bei sich hatte und fest in einer Hand hielt. Aber er hüllte sich in Schweigen und mochte nichts über den Inhalt verraten.

Als dann die reguläre Öffnungszeit gekommen war, erschien der Zoodirektor am Eingangstor. Mit zerknirschter Miene gab er bekannt: "Liebe Gäste, lieber Herr Bürgermeister, es tut mir aufrichtig leid, aber wir haben bedauerlicherweise ein kleines Problem. Wir werden mit dem Einlass erst in ein bis zwei Stunden beginnen können. Denn wir hatten heute Morgen Einbrecher im Zoo. Die Eindringlinge haben unsere Tiger aus ihrem Gehege befreit. Nun müssen wir diese erst wieder einfangen, bevor wir das Gelände für Besucher freigeben können. Es handelt sich anscheinend um eine Protestaktion der Shiva-Tigers gegen die Eröffnung des Schneehauses. Entsprechende Flugblätter haben wir jedenfalls gefunden. Ich bitte Sie also um ein wenig Geduld, und haben Sie bitte auch Verständnis, wenn die Tiger heute nicht besucht werden können. Denn wir müssen auf unserer Tigerjagd wahrscheinlich mit Betäubungspistolen arbeiten. Wenn die Tiger sich nicht allzu geschickt verstecken, werden wir sie aber vermutlich bald finden."

Der Zoodirektor verschwand, und Pandhu nutzte die Gelegenheit, um für seine Wiederwahl als Bürgermeister von Delhi zu werben, indem er vor der wartenden Menge eine flammende Rede hielt. Er sprach über die verwerflichen Absichten der Shiva-Tigers, die gute Arbeit der derzeitigen Stadtverwaltung, den Ausbau der Infrastruktur und Delhis aussichtsreiche Zukunft vor dem Hintergrund der Globalisierung und bekam viel Beifall, nicht nur von Nirmala.

Nach einer Stunde konnten die Tore des Zoos schließlich geöffnet werden. Sobald die Besucher die Kassen passiert hatten, strebten sie zielsicher zum unübersehbaren weißen Schneehaus. Dort strömten sie durch den Eingang in die Halle, wobei sie durch große Schilder rechts und links der Tür darauf hingewiesen wurden, dass das Ausleihen von Schneejacken und Schneeschuhen zwar nicht Pflicht sei, aber doch wärmstens empfohlen werde.

Mehrere Hundert Menschen bevölkerten innerhalb kurzer Zeit die Schneewelt, die Amanda und Franz in der Halle erschaffen hatten. Für viele der Besucher war dies die erste

Berührung mit Schnee in ihrem Leben. Sie wussten nicht, ob sie zunächst über die schneeweiße Landschaft, über die aus den Schneekanonen rieselnden Flocken oder über die eisige Kälte staunen sollten. Mit einer Temperatur von fünf Grad unter Null war es in der Halle immerhin beinahe vierzig Grad kälter als vor der Halle.

Viele nachströmende Besucher mussten zunächst vor dem Eingang warten, da vorab festgelegt worden war, wie viele Menschen maximal gleichzeitig in die Halle hineindurften. Schnell herrschte auch am Verleih für Schneejacken und Schneeschuhe rege Nachfrage. Als auch Nirmala und Pandhu mit warmer Kleidung ausstaffiert waren, griff Pandhu in die mitgebrachte Tasche, über deren Inhalt er zuvor nichts hatte verraten wollen, und holte die Mardermütze hervor, die Boris ihm geschenkt hatte. Er setzte sie auf und ließ sich von Nirmala und anderen Umstehenden bewundern.

Dann meinte Pandhu mit einem Lächeln zu Nirmala: "Du hast gesagt, es sei schon immer dein Traum gewesen, einmal komplett im Schnee zu versinken. Also: Lass es uns sehen!"

In Anbetracht der niedrigen Temperaturen musste Nirmala zwar einige Hemmungen überwinden, aber einen Augenblick später ließ sie sich unter allgemeinem Beifall vorsichtig in den Schnee fallen. Als sie recht schnell mit weißen Flocken an der Kleidung und in den Haaren wieder aufstand, fragte Pandhu schmunzelnd: "Und, ist es wirklich so traumhaft?"

Tapfer erwiderte Nirmala: "Oh, es ist wunderschön. Welch ein Erlebnis! Das werde ich bestimmt niemals vergessen."

Nirmalas Vorbild fand Nachahmer, und bald erkannten die Besucher auch, dass sich Schnee hervorragend dazu eignet, um sich gegenseitig damit zu bewerfen. Nachdem sie sich eine Weile in der Schneelandschaft umgesehen hatten, flüchteten die meisten Besucher dann aber wieder aus der Kälte ins Freie. So baute sich auch der Andrang vor der Halle langsam ab. Nirmala verschwand ebenfalls nach draußen, während Pandhu mit seiner Mardermütze auf dem Kopf in der Halle blieb und den versammelten Reportern geduldig Rede und Antwort stand.

Auch Amanda und Franz liefen in der Halle umher und freuten sich, wie gut ihre Winterwelt bei den Besuchern ankam. Nur die halbherzige Art der Inder, sich gegenseitig mit Schnee zu bewerfen, überzeugte die beiden nicht. Also beschlossen sie, mit gutem Beispiel voranzugehen, und lieferten sich eine Schneeballschlacht, die sich wahrlich sehen lassen konnte. Einige Inder ließen sich davon inspirieren und griffen in das Gefecht ein, bis Amanda und Franz sich schließlich lachend und völlig erschöpft in den Armen lagen.

Wer die Schneelandschaft durch die Eingangstür verlassen hatte, ließ sich draußen im Freien von der Hitze Delhis wieder aufwärmen. Nach Überwindung des Kälteschocks gingen die meisten Besucher dann entlang der Halle zu deren anderem Ende, um auch das neu eröffnete Eiscafe von Baikal-Eis zu erkunden.

Neben bekannteren Eiscremesorten gab es dort auch eine neue Sorte, die Larissa eigens für Delhi und den Geschmack der Inder hatte kreieren lassen. Die Variante enthielt neben dem Saft einiger Früchte eine ganz leichte Prise Pfeffer und hieß Baikal-Blue. Es war ein bläulich schimmerndes, halbtransparentes Eis am Stiel. Gegenüber anderen Sorten von Baikal-Eis unterschied sich Baikal-Blue auch durch die Verpackung. Denn das Logo von Baikal-Eis, der weiße Eisbär auf blauem Grund, nahm die gesamte Vorder- und Rückseite der Hülle ein. Neben dem Namen und der Verpackung führte auch die Tatsache, dass Baikal-Blue an diesem Tag zur Feier der Einweihung zur Hälfte des eigentlich geplanten Preises angeboten wurde, zu einem reißenden Absatz. Die Zutaten entsprachen offensichtlich dem Geschmack der Inder.

Die Eröffnung der Schneelandschaft und des Eiscafes wurde somit zu einem vollen Erfolg. Die Presse überschlug sich mit positiven Artikeln, und die Schneewelt galt nun für viele Einheimische als die große neue Attraktion in Delhi. Baikal-Eis war in aller Munde und wurde bereits nach wenigen Tagen auch außerhalb des Zoos verkauft.

Larissa vernahm mit großer Freude, wie gut ihr Geschäft in Indien anlief, und beschloss, Baikal-Blue demnächst auch auf dem russischen Markt einzuführen. Sie fragte sich nur, warum ihr die Idee für Baikal-Blue nicht schon früher gekommen war.

Amanda und Franz wurden für die Gestaltung der Schneelandschaft von allen Seiten mit Lob überhäuft. Franz meinte daher zu Pandhu: "Manchmal bezweifele ich ja, ob ich bislang im richtigen Metier gearbeitet habe. Vielleicht ist es gar nicht meine Bestimmung, in sechster Generation Bankier zu sei. Wohlmöglich wäre es ein Dienst an der Menschheit, wenn ich mich endgültig aus dem Bankgeschäft zurückziehen würde und stattdessen zusammen mit Amanda als Schnee-künstler die heißen Gegenden der Welt beglücken würde."

Amanda hatte offensichtlich ebenfalls Spaß an ihrem Einsatz in Delhi und machte sich erst einige Tage nach der Eröffnung auf den Weg zurück in die Schweiz. Da sie ihre erste Indien-Reise mit eher gemischten Gefühlen angetreten hatte, war sie umso mehr erstaunt, wie schwer es ihr nun fiel, wieder abzureisen.

Nirmala träumte vom Schnee und tanzte durch das Rathaus von Delhi. Und Pandhu kam zu dem Schluss, dass es nun an der Zeit war, Blue zu holen. Auch Nirmala sah keinen Anlass für Aufschub mehr und orderte bei Ganesha-Airways einen Frachtflug, der den Eisbären von Moskau nach Delhi bringen sollte.

Sogar vom Bürgermeister von Moskau gab es eine Reaktion auf die Einweihung der Schneelandschaft in Delhi. Boris sandte eine E-Mail:

"Lieber Pandhu! Ich habe mir auf meinem Fernseher eine Aufzeichnung von der Eröffnung des Schneehauses in eurem Zoo angeschaut. Auch du wurdest eingeblendet, und es wurde gezeigt, wie du interviewt wurdest. Aber was hat bloß den Kameramann geritten? Was für ein Idiot! Was für eine verdammte Scheiße! Plötzlich gab es da diese Nahaufnahme von deiner Mardermütze, und ich hatte einen Black-out und habe doch tatsächlich meinen schönen neuen Hundert-Zoll-Flatscreen-Fernseher erschossen.

Liebe Grüße von Boris.

PS: Leider lässt sich aus den Resten meines Fernsehers keine Mütze machen.

PPS: Jetzt, da es auch in Delhi Schnee gibt, könnte ich ja auch einmal vorbeikommen."

19. Kapitel
August 2013 in Moskau

Ganesha-Airways

Der Flug, mit dem Blue nach Indien gebracht werden sollte, war als Nachtflug geplant. Das Frachtflugzeug sollte abends in Moskau starten und frühmorgens in Delhi landen.

Als der Tag für den Transport von Blue gekommen war, ließ sich Larissa nachmittags mit dem Taxi zum Moskauer Zoo bringen. Dort wurde sie am Eingang vom Zoodirektor begrüßt, und gemeinsam gingen die beiden durch den alltäglichen Besucherstrom in Richtung des Eisbärgeheges.

Der Zoodirektor vergewisserte sich: "Du willst also wirklich den Eisbären in dem Frachtflugzeug nach Delhi begleiten? Wäre es denn nicht bequemer, wenn du einen normalen Linienflug nehmen würdest?"

Larissa hatte aber keine Bedenken: "Man hat mir versichert, dass es in der Frachtmaschine einen Sitzplatz für mich geben wird. Decken sind angeblich auch vorhanden. Und es soll sogar etwas zu essen geben. Also wird das schon nicht so schlimm werden. Abgesehen davon muss man ja auch berücksichtigen, dass nicht jeden Tag ein Eisbär von Moskau nach Delhi geflogen wird. Als Sponsorin der Moskauer Eisbären und zukünftige Patin von Blue in Delhi möchte ich bei diesem Transport also wirklich gerne dabei sein. Nicht zuletzt wegen der Publicity, die Baikal-Eis sowohl in Russland als auch in Indien dringend gebrauchen kann. Hier im Moskauer Zoo werden doch gleich auch noch Fotos gemacht, oder?"

Der Zoodirektor nickte: "Aber sicher. Alle großen Moskauer Zeitungen sind informiert."

Neugierig erkundigte sich Larissa: "Ist Blue denn ebenfalls reisefertig? Wenn ich an den Flug denke, mache ich mir eher Sorgen um ihn als um mich."

Der Zoodirektor erwiderte optimistisch: "Der Tierarzt hat ihn heute Morgen nochmals gründlich untersucht und gesagt, alles sei in Ordnung. Seit gestern bekommt Blue allerbestes und unbegrenztes Futter. Er wird also satt und zufrieden auf die Reise gehen. Heute Mittag wurde er bereits in den Käfig gebracht, der für den Transport vorgesehen ist. Dort hat er noch mehr Futter mit ein paar untergemischten Beruhigungspillen bekommen, mit dem Ergebnis, dass er jetzt dösend in seinem Käfig liegt."

Daraufhin erkundigte sich Larissa: "Es stimmt doch, dass einer der Tierpfleger heute Abend mitfliegt und dann eine Zeit lang in Delhi bleibt, bis Blue sich eingelebt hat?"

Der Zoodirektor bestätigte: "Unter den Tierpflegern gab es sogar mehrere Interessenten, die Blue gerne nach Delhi begleitet hätten. Sie haben daher untereinander eine Art von Roulett veranstaltet und darauf gewettet, wann Blue seinen nächsten Haufen macht. Igor hat gewonnen und darf also nun mitfahren. Er wird nicht nur auf Blue aufpassen, sondern auch auf dich."

Als Larissa und der Zoodirektor sich dem Eisbärgehege näherten, sahen sie dort eine Ansammlung schaulustiger Zoobesucher. Hinter einer Absperrung hob ein Kran gerade Blue mitsamt seinem Käfig auf die Ladefläche eines Lastwagens.

Die anderen Eisbären liefen derweil im Freigelände ihres Geheges umher und staunten über ihren fliegenden Artgenossen. Angesichts ihrer rückläufigen Population schienen sie zu denken: "Es waren mal der Bären neun. Sie schliefen hier heut' Nacht. Da kam ein Kran und nahm den Blue, da waren's nur noch acht."

Igor, der Gewinner des Tierpfleger-Rouletts, dirigierte das Verladen des Käfigs, bis dieser sicher auf dem Lastwagen stand. Blue schien wenig beeindruckt von dem Manöver und lag dösend auf dem Boden seiner vorübergehenden Behausung.

Der Zoodirektor führte Larissa zu Igor, und die beiden wurden einander vorgestellt, woraufhin sich Larissa bei Igor vergewisserte: "Du reist also mit nach Delhi und passt auf Blue und mich auf?"

Igor erwiderte trocken: "So ist es geplant."

Eine weitere Kiste wurde auf den Lastwagen gepackt, und Larissa erkundigte sich nach deren Inhalt. Igor erläuterte: "Darin sind Futter und noch ein paar andere Sachen, die man als Tierpfleger so braucht."

Die versammelten Journalisten hatten schon während des Kranmanövers fleißig fotografiert. Nun wurde zunächst Blue in seinem Käfig abgelichtet. Und dann wurden Larissa, Igor und der Zoodirektor gebeten, sich vor den Lastwagen zu postieren und in die Kameras zu lächeln.

Schließlich wünschte der Zoodirektor den beiden anderen eine gute Reise, trat neben den Lastwagen, schob eine Hand durch die Gitterstäbe des Käfigs und kraulte den dösenden Blue hinter den Ohren. Larissa und Igor stiegen zum Fahrer ins Führerhaus, und ihre Tour zum Moskauer Flughafen begann.

Als sie dort ankamen, fuhren sie an einigen Absperrungen vorbei bis aufs Rollfeld. Inzwischen war es Abend. Die Sonne stand dicht über der Startbahn am Horizont und tauchte die

Landschaft in ein weiches Licht. Im Frachtbereich des Flughafens hielten sie neben einem unscheinbaren, grauen und eher kleinen Frachtflugzeug. Auf dem Rumpf der Maschine war in verblichenen Lettern zu lesen: "Ganesha-Airways".

Einer der beiden Inder, die als Piloten uniformiert neben dem Flugzeug warteten, hieß Larissa und Igor willkommen: "Wir begrüßen Sie ganz herzlich bei Ganesha-Airways. Mein Kopilot und ich freuen uns, Sie von Moskau nach Delhi bringen zu dürfen. Wir werden uns redlich bemühen, für einen sicheren und komfortablen Flug zu sorgen."

Blue wurde mitsamt seinem Käfig vorsichtig von einem geeigneten Spezialfahrzeug durch die Heckklappe in das Flugzeug bugsiert. Die Klappe wurde geschlossen, und alle gingen an Bord. Larissa und Igor sahen sich ein wenig im Frachtraum um und nahmen dort auf zwei angenehm geräumigen Sitzen Platz.

Aus dem Cockpit erschien ein drittes Mitglied der Besatzung, und der Pilot erläuterte: "Das ist Ali, unsere Cabin-Crew. Normalerweise gibt es bei Frachtflügen zwar keine Cabin-Crew, aber zwei Menschen und ein Eisbär sind eine so ungewöhnliche Fracht, dass wir beschlossen haben, bei diesem Einsatz Ali als Steward hinzuzunehmen. Er wird sich während des Fluges um unser aller Wohl kümmern. Und er kann dem Eisbären die Schwimmweste anlegen, falls wir wider Erwarten notwassern müssen."

Genauso trocken, wie der Pilot dies gesagt hatte, entgegnete Larissa: "Eisbären brauchen keine Schwimmweste, denn sie können auch ohne zusätzlichen Auftrieb sehr gut schwimmen."

Larissa zeigte es zwar nicht, aber insgeheim hatte sie ihren Spaß dabei, mit drei Indern, einem Eisbären und einem Tierpfleger in die Nacht hineinzufliegen.

Der Pilot und der Kopilot verschwanden im Cockpit, das durch eine Tür vom Frachtraum getrennt war. Das Flugzeug rollte langsam zur Startbahn, während über Lautsprecher der Pilot zu hören war: "Wie bei anderen Flügen auch werden die Passagiere gebeten, sich für den Start anzuschnallen. Laut Paragraph 893 der Vorschriften für den internationalen Luftverkehr sind Tiere von der Pflicht zum Anschnallen befreit, sofern sie sich in einem geeigneten, fixierten Käfig befinden. Der Eisbär muss also keinen Sicherheitsgurt anlegen.

Nach dem Start wird Ali uns ein warmes Abendessen servieren. Die Auswahl ist allerdings überschaubar. Denn wir haben lediglich indisches Curry mit Brot im Angebot. Aber selbstverständlich können Sie das Curry auch ohne das Brot oder, wenn Sie es so wünschen, nur das Brot ohne das Curry bekommen. Ali wird sich dabei ganz nach Ihren Vorlieben richten.

Wie Sie vielleicht schon bemerkt haben, hatten Sie auch beim Sitzplatz nicht die übliche Auswahl, denn unser Frachtraum hat weder Gang noch Fenster. Für angenehme Belüftung während des Fluges können wir aber auch ohne Fenster sorgen. Bitte geben Sie Ihre elektronischen Geräte unserem Steward, damit diese für die Dauer des Fluges in einer strahlungssicheren Box aufbewahrt werden. Mein Kopilot und ich wünschen Ihnen eine angenehme Reise!"

Das Flugzeug hoppelte weiter in Richtung Startbahn. Und Larissa und Igor legten ihre Handys in eine blecherne Box, die ihnen Ali entgegenhielt.

20. Kapitel
August 2013

Über den Wolken

Die Triebwerke erdröhnten. Durch den zunehmenden Schub wurden Larissa und Igor in ihren Sitzen nach hinten gepresst. Zuerst hob sich die Nase des Flugzeuges vom Boden, und kaum merklich lösten sich dann auch die Räder von der Startbahn. Nach einer Viertelstunde meldete sich erneut der Pilot: "Wir nähern uns nunmehr unserer Reiseflughöhe und werden über Saratow und Kabul in Richtung Delhi fliegen. Unsere erwartete Ankunftszeit ist ungefähr fünf Uhr morgens, Delhi-Zeit, pünktlich zum Sonnenaufgang. Die Cabin-Crew wird nun das Abendessen bereiten."

Ali stand auf, begann, an einem Blechspind im Frachtraum zu werkeln, und erkundigte sich bei Igor: "Bekommt der Eisbär auch vom Curry?"

Igor schüttelte den Kopf: "Nein. Zum einen würde es ihm vermutlich nicht besonders gut bekommen, und zum anderen ist der Eisbär satt und müde. Falls er wacher wird und Hunger kriegt, habe ich geeignetes Futter in meiner Kiste dort."

Kurz darauf wurde Larissa und Igor ein warmes Curry-Gericht mit Brot serviert, und Larissa dachte: "Wer hätte gedacht, dass ich einmal in einem fensterlosen Frachtraum hoch über den Wolken neben einem schlafenden Eisbären indisches Curry essen würde?"

Nach dem Essen dämpfte Ali das Licht. Er reichte Larissa und Igor jeweils eine Decke und meinte: "So. Jetzt können Sie etwa vier Stunden lang schlafen."

Einige Minuten vergingen. Dann wandte sich Larissa an Igor und meinte: "Ein Schläfchen wäre nicht schlecht. Aber ich bin überhaupt nicht müde."

Igor holte daraufhin eine kleine Pappschachtel hervor, hielt sie Larissa entgegen und fragte: "Möchtest du vielleicht eine von den Beruhigungspillen für den Eisbären?"

Larissa fand den Gedanken ziemlich abwegig und erwiderte abwehrend: "Ach, lieber nicht. Ich bin doch kein Eisbär. Wohlmöglich bekomme ich von den Pillen weiße Haare, so wie Eisbären."

Nüchtern entgegnete Igor: "Nein. Die Pillen sind völlig harmlos. Ich habe sie selbst schon probiert. Menschen sind auch nur Säugetiere, genau wie Bären. Und diese Pillen wirken im Prinzip bei allen Säugetieren."

Larissa hatte weiter ihre Zweifel: "Aber die Dosierung dürfte doch bei Menschen und Bären völlig verschieden sein. Vielleicht wache ich nie wieder auf, wenn ich eine von diesen Pillen nehme."

Igor widersprach: "Die Gefahr besteht eigentlich nicht. Die Dosierung richtet sich nach dem Körpergewicht. Pro fünfzig Kilogramm kann jederzeit bedenkenlos eine Pille verabreicht werden. Blue hat heute Mittag zusammen mit seinem Futter zehn Pillen bekommen. Du kannst also ruhig eine nehmen. Ich mache es dir vor und nehme auch eine."

Igor fingerte eine Beruhigungspille hervor, schluckte sie hinunter und hielt Larissa eine weitere entgegen. Larissa schaute zwar erst unschlüssig, dann zuckte sie aber nur einmal kurz mit den Achseln und ließ ebenfalls eine der Pillen in ihrem Mund verschwinden.

Ein Weilchen verging, bevor sie auf ihrem Sitz herumrutschte und meinte: "Ich merke gar nichts."

Mit schläfriger Stimme kam von Igor: "Doch, doch."

Kurze Zeit später verkündete Larissa: "Ich bin immer noch hellwach. Wider Erwarten lebe ich sogar noch."

Igor erwiderte nur leise: "Ja, ja."

Weitere fünf Minuten später meinte Larissa: "Gut, ich gebe zu: Ich fühle mich angenehm entspannt."

Von Igor kam keinerlei Reaktion, denn er schlief inzwischen tief und fest.

Weitere Zeit verstrich, und Larissa sagte sich: "Vielleicht hätte ich zwei Pillen nehmen sollen. Aber ich wiege doch keine hundert Kilo."

Ein wenig später war allerdings auch Larissa bestenfalls noch halbwach.

Larissa, Igor und Blue flogen durch die Nacht in Richtung Delhi. Das gleichförmige Dröhnen der Flugzeugmotoren, das schwummerige Licht im Frachtraum und die Beruhigungspille für Zootiere verschmolzen zu einer behaglichen Nachtruhe.

Larissa träumte: Sie saß in einem Raumschiff auf einer Mission zum Mars. Auf einem Tablett vor ihr standen drei Becher Eiscreme in unterschiedlichen Geschmacksrichtungen: Erd-Eis, Mond-Eis und Sonnen-Eis. Der Pilot hatte Larissa gebeten mitzufliegen, um bei der Kontaktaufnahme zu den Marsianern zu helfen. Er hatte ihr dargelegt, es gebe Eis auf dem Mars und die Marsianer seien gewiss auch an Eis von anderen Sternen interessiert. Larissa kontrollierte regelmäßig ihre Eisbecher, indem sie die Deckel abnahm. Dann sah sie das blaue Erd-Eis, das weiße Mond-Eis und das gelbe Sonnen-Eis. Das gelbe Sonnen-Eis bereitete Larissa allerdings Sorgen, denn es schmolz und sickerte durch den aufgeweichten Becherboden. Daher meldete Larissa dem Piloten, das Sonnen-Eis müsse besser gekühlt werden, sonst könne sie nicht für den Erfolg der Mission garantieren. Daraufhin antwortete der Pilot aber nur ganz gelassen, sie solle sich keine Sorgen machen, die Sonne sei unerschöpflich und es sei mit Sicherheit bei ihrer Ankunft auf dem Mars noch genügend Sonnen-Eis in dem Becher übrig. Und so sickerte das gelbe Sonnen-Eis weiter durch den aufgeweichten Becherboden.

Larissa wurde erst in dem Moment aus ihren Träumen gerissen, als eine Hand sie sanft an der Schulter schüttelte. Ali, der Flugbegleiter, stand neben ihr und sagte: "Haben Sie gut geschlafen? Der Pilot meinte, ich solle sie wecken. In ungefähr einer halben Stunde werden wir landen."

Als dann auch Igor wach war, sah er zunächst nach Blue und sprach ein wenig auf ihn ein. Blue döste in seinem Käfig allerdings ganz entspannt weiter vor sich hin.

Über Lautsprecher ertönte die Stimme des Piloten: "Ich hoffe, Sie hatten bisher einen angenehmen Flug. Bedingt durch günstige Winde werden wir etwa eine Stunde früher als geplant und damit noch vor Sonnenaufgang in Delhi landen. Wir verlassen nun unsere Reiseflughöhe. Für den Landeanflug ist allerdings leider mit ein paar Turbulenzen zu rechnen, denn es liegen einige Gewitterzellen über Nord-Indien. Lokale Sturmböen sind daher jederzeit möglich. Immerhin haben wir die Unwetter auf dem Radar. Wir werden versuchen, besonders kritische Zonen mit einigen Kurven zu umfliegen. Bedauerlicherweise wird der Rest des Fluges daher wohl ein bisschen unruhig. Sie sollten die Sicherheitsgurte also wieder fest schließen. Machen Sie sich aber bitte keine Sorgen. Mein Kopilot und ich, wir kennen uns aus mit dem Wetter über Nord-Indien und sind noch immer sicher gelandet."

Nach einigen Minuten wurde der Flug zusehends holpriger und kurviger. Larissa stöhnte und sagte zu Igor: "Ich glaube, mir wird gleich übel. Das fühlt sich an, als ob wir im Himalaja Achterbahn fahren."

Auch Blue wachte auf und versuchte, sich auf die Beine zu richten. Durch das Schwanken des Flugzeuges und seine Schläfrigkeit gelang ihm dies aber nur kurzzeitig. Er probierte es wieder und wieder, rutschte aber jedes Mal zurück auf den Käfigboden. Schnell wurde er unruhiger, begann zu knurren und zeigte seine Zähne.

Igor holte aus einer Jackentasche einen Müsliriegel hervor und quetschte fünf Beruhigungspillen in diesen hinein. Daraufhin stand Ali von seinem Sitz auf, hielt mittels Erfahrung und an der Decke befestigter Schlaufen das Gleichgewicht und platzierte den Riegel auf den Boden des Käfigs direkt vor Blues Schnauze. Nachdem Blue vor lauter Unruhe zunächst kein Interesse an dem Snack zu haben schien, besann er sich eines Besseren und fraß den Riegel dann doch. Vielleicht dachte er sich: "Ohne Input kein Output. Erst frühstücken, dann aufstehen."

Die Beruhigungspillen entfalteten ihre Wirkung. Blue wurde wieder ruhiger und ließ den Landeanflug etwas entspannter über sich ergehen.

Nach einigen weiteren Minuten, in denen Larissa angesichts der kurvigen Flugbahn immer bleicher wurde, erklang über Lautsprecher erneut die Stimme des Piloten aus dem Cockpit: "In drei Minuten haben wir es geschafft. Leider wurde uns eine Landebahn zugewiesen, von der wir wissen, dass sie in recht schlechtem Zustand ist. Überprüfen Sie bitte erneut Ihre Sicherheitsgurte und machen Sie sich auf eine harte Landung gefasst."

Der Frachtraum, der während des bisherigen Landeanflugs in gedämpftem Licht verblieben war, wurde von Ali wieder hell erleuchtet.

Larissa stöhnte: "So nett wie der Flug begann, so elend hört er auf. Passend zum russischen Sprichwort: Lobe nie den ersten Baum der Taiga, solange du nicht beim letzten angekommen bist."

Igor schaute besorgt zu Blue und fragte sich, ob sich ein Eisbär bei einer sehr unsanften Landung wohlmöglich in seinem Käfig das Genick brechen kann.

Schließlich meldete der Pilot: "Ready for landing."

21. Kapitel
August 2013

Auf dem Boden

Die Maschine setzte auf dem Boden auf und verlor unter heftigem Gerumpel langsam an Schwung, bis sie endlich zum Stillstand kam.

Der Pilot verkündete aus dem Cockpit: "Willkommen in Delhi. Wie immer sind wir heil gelandet. Für die Unannehmlichkeiten während der letzten halben Stunde bitten wir um Nachsicht. Bitte benutzen Sie nun zum Ausstieg die Tür auf der linken Seite des Frachtraums."

Ali, der indische Flugbegleiter, öffnete die Tür und bugsierte eine Metallleiter nach draußen. Igor stand auf und half Larissa, die immer noch kreideweiß im Gesicht war, auf die Füße. Dann geleitete er sie zum Ausstieg. Als Larissa in der Tür stand und nach draußen schauen konnte, meinte sie allerdings nur: "Mir ist noch so übel vom Landeanflug. Ich glaube, mir wird schwarz vor Augen."

Daraufhin sagte Ali beschwichtigend: "Nein, nein. Es ist nur dunkel da draußen. Es ist noch Nacht."

Dann verließ er über die Leiter als Erster die Maschine und half auch Larissa auf den Boden.

Larissa war völlig desorientiert und erklärte: "Ich sehe überhaupt nichts. Gibt es denn keine Flughafenbeleuchtung in Delhi?"

Ali murmelte: "Solch einen Luxus können wir uns hier leider nicht leisten."

Auch Igor stieg aus dem Flugzeug und war gleichfalls überrascht, wie dunkel es rundherum war. Er fing auch an, sich zu wundern, dass er unter seinen Schuhen eher Erde und Gras als Beton spürte.

Larissa stellte fest: "Das ist aber wirklich eine sehr schlechte Landebahn."

Der Pilot, der in diesem Moment ebenfalls aus der Maschine kam, räkelte sich und fragte ungerührt: "Sind Sie etwa unzufrieden mit der Landung?"

Larissa meinte: "Irgendwie schon."

Da erklärte der Pilot: "Auch darauf sind wir vorbereitet."

Und mit diesen Worten hielt er Larissa die Mündung eines Revolvers vors Gesicht. Auch Igor schaute in den Lauf einer Pistole, die Ali auf ihn richtete. Larissa und Igor erstarrten. Aber Larissa spürte, wie ihre Gesichtsfarbe einen erstaunlich schnellen Wandel von Kreideweiß nach Zornesrot durchlief. Während er weiter die Waffe auf Larissa richtete, verkündete der Pilot mit spöttischem Tonfall: "Bedauerlicherweise mussten wir den Flugplan ein wenig modifizieren."

Es dauerte einen Moment, bevor Larissa Worte fand:

"Was soll das? Wer sind Sie? Und wo sind wir hier überhaupt?"

Der Pilot erwiderte trocken: "Wenn ich das Panorama richtig erkennen kann, sind wir hier irgendwo in den Bergen. Schauen Sie sich ruhig ein bisschen um, aber machen Sie keine hektischen Bewegungen."

Die Augen von Larissa und Igor fingen an, sich an die Dunkelheit zu gewöhnen, und in der Tat ließen sich im Sternenlicht ringsherum schemenhaft Berge ausmachen. Sogar der bevorstehende Sonnenaufgang ließ sich erahnen.

Der Pilot erklärte: "Statt nach Delhi zu fliegen, haben wir uns entschieden, doch lieber hier zu landen. Das schien uns im Hinblick auf unsere Auftragslage günstiger zu sein."

Larissa und Igor schwiegen und musterten die beiden Inder, die weiterhin ihre Revolver auf sie richteten. Der Kopilot war in der Maschine geblieben. Schließlich stellte Larissa fest: "Dies ist also eine Entführung?"

Vom Piloten kam daraufhin: "Ach, betrachten Sie es doch lieber als eine Einladung zur Erkundung höchst sehenswerter Landstriche, die Ihnen bislang völlig unbekannt sein dürften."

Larissa ignorierte die Antwort und fragte verärgert: "Und warum um Himmels Willen entführen Sie uns?"

Der Pilot lächelte: "Sagen wir es mal so: Eine nicht ganz unwahrscheinliche Erklärung für unsere Landung hier könnte darin bestehen, dass wir so die vereinbarungsgemäße Bezahlung unseres Frachtfluges sicherstellen wollen."

Larissa gefiel diese Erklärung überhaupt nicht, und sie bohrte nach: "Was soll das heißen? Was wollen Sie denn mit uns beiden und einem Eisbären?"

Der Pilot erwiderte grinsend: "Das werden Sie noch früh genug erfahren."

Unerschrocken fragte Larissa: "Und was geschieht jetzt?"

Der Pilot erläuterte: "Sie werden nun zusammen mit Ali, bei dem es sich eigentlich eher um einen Bergführer als um einen Flugbegleiter handelt, eine längere, aber ganz bestimmt auch sehr abwechslungsreiche und eindrucksvolle Wanderung durch die hiesige Bergwelt unternehmen."

Larissa erwiderte entnervt: "Und wohin?"

Der Pilot lächelte und sagte: "Nach Delhi. Vielleicht. Irgendwann."

Der Kopilot stieg mit drei Säcken in den Händen aus dem Flugzeug und warf einen von diesen neben Larissa, Igor, Ali und den Piloten auf den Boden. Mit den beiden anderen Säcken ging er etwa hundert Meter vom Flugzeug weg, ließ sie dort fallen und kam zurück.

Daraufhin meinte der Pilot zu Larissa und Igor: "Es ist zwar heute Morgen zugegebenermaßen noch ziemlich frisch hier im Gebirge, aber nun müssen Sie sich wohl oder übel ausziehen. Und zwar hier neben uns. Und zwar vollständig. Legen Sie bitte alles ab! Auch Uhr, Schmuck und so weiter. Ihre beiden Handys haben Sie uns ja freundlicherweise schon überlassen.

Dann gehen Sie hinüber zu den beiden Säcken, die mein Kollege dort hinten deponiert hat. In diesen finden Sie jeweils eine Trecking-Ausrüstung mit allem, was man für eine längere Bergwanderung braucht, also eine warme Jacke, feste Schuhe, einen Thermo-Schlafsack, Proviant und so weiter. Und dann kleiden Sie sich in aller Ruhe ein.

Im dritten Sack, den mein Kollege hier neben uns geworfen hat, haben wir auch für Ali, Ihren Bergführer, eine Trecking-Ausrüstung. Sobald er sich hier umgezogen hat, wird er zu Ihnen kommen."

Beunruhigt fragte Igor: "Und was geschieht mit dem Eisbären? Ich kann ihn doch nicht einfach allein zurücklassen. Er braucht unbedingt fachkundige Betreuung."

Der Pilot erwiderte unbeeindruckt: "Tja, von ihrem Eisbären müssen Sie sich wohl vorerst trennen. Aber machen Sie sich um ihn keine Sorgen. Wir werden gut auf ihn aufpassen. Vertrauen Sie uns einfach! Als Sie unser Flugzeug bestiegen haben, haben Sie uns schließlich auch vertraut."

Nach kurzem Nachsinnen fragte Larissa vorsichtig: "Und was passiert, wenn wir nicht mitspielen?"

Der Pilot zuckte mit den Achseln und antwortete: "Dann müssen wir Sie leider erschießen. Und genau dasselbe wird auch Ali in den nächsten Tagen tun, wenn Sie ihm partout nicht Folge leisten wollen oder wenn er nicht anders verhindern kann, dass Sie fliehen. Es gibt aber auch eine gute Nachricht: Wir müssen Sie nicht zwangsläufig erschießen, solange Sie sich an die Anweisungen halten. Wir hätten Ihnen auch keine erstklassige Trecking-Ausrüstung mitgebracht, wenn wir Sie ohnehin erschießen wollten. Und nun, keine falsche Scham! Runter mit den Klamotten!"

Widerstand schien zwecklos zu sein, und so fügten sich Larissa und Igor nach kurzem Zögern in ihr Schicksal und begannen, sich ihrer Kleidung zu entledigen. Larissa dachte: "Lieber nackt als tot."

Nachdem die beiden rein gar nichts mehr am Leibe trugen, wies der Pilot mit einer Handbewegung auf die in einiger Entfernung liegenden Säcke: "Gehen Sie nun dort hinüber! Kleiden Sie sich passend für diese Gegend wieder an, und leben Sie wohl! Sagen Sie nichts Schlechtes über Ganesha-Airways! Und folgen Sie unbedingt den Anweisungen Ihres Bergführers!"

Larissa und Igor gingen also nackt, wie sie waren, zu den beiden in einigem Abstand vom Flugzeug abgelegten Säcken.

Als sie diese dann vor sich hatten und genauer in Augenschein nahmen, entdeckten sie, dass jeder der beiden Säcke mit einem Namen beschriftet war. Larissa nahm ihren Sack und Igor seinen, und sie schauten sich den Inhalt an. Wie angekündigt kamen Kleidung, Wanderschuhe, Proviant, jeweils ein Rucksack und verschiedene andere nützliche Dinge zum Vorschein.

Nachdem Larissa begonnen hatte, sich anzuziehen, meinte sie verdutzt: "Unsere Entführer sind offensichtlich bestens über unsere Konfektionsgrößen unterrichtet."

Igor nickte bestätigend, und Larissa stellte fest: "Es wäre in der Tat unlogisch, wenn man uns in den nächsten Minuten erschießen würde."

Nachdem sich die beiden weitgehend eingekleidet hatten, kam vom Flugzeug her ihr vormaliger Flugbegleiter und designierter Bergführer Ali auf sie zu. Auch er hatte sich umgezogen. Mit Rucksack auf dem Rücken und Revolver am Gürtel trat er Larissa und Igor gegenüber. Dann forderte er die beiden nacheinander auf, den linken Arm nach vorne zu strecken, befestigte um das Handgelenk jeweils ein Gebilde, das einer Uhr ähnelte, und erklärte: "Das ist eine elektronische Fessel, damit ihr mir nicht unbemerkt irgendwelchen Unsinn macht. Und nun packt alles, was hier noch herumliegt, in die Rucksäcke, und setzt sie auf! Absolut nichts darf hier zurückbleiben."

Larissa und Igor folgten der Anweisung.

Der Sonnenaufgang stand kurz bevor, und die Landschaft war inzwischen gut erkennbar. Larissa und Igor befanden sich auf einer spärlich mit Gras bewachsenen Ebene, die von kargen, aber nicht allzu hohen grau-braunen Bergen umgeben war.

Ali zeigte mit ausgestrecktem Arm zu einer Anhöhe, die einige hundert Meter entfernt am Fuße der Berge lag, und sagte: "Seht ihr dort auf dem Hügel den Durchgang zwischen den beiden Felsen? Da gehen wir jetzt hin. Ihr geht voran!"

Während Larissa, Igor und Ali zunächst auf die Anhöhe zu und dann hinauf wanderten, begannen hinter ihnen die Flugzeugmotoren laut zu dröhnen. Larissa und Igor drehten sich um und sahen, wie die Maschine startete und, offenbar mit Blue an Bord, in den ersten Strahlen der über den Bergen aufgehenden Sonne davonflog. Zurück blieb ein weites, karges Hochtal, das noch nie ein Mensch berührt zu haben schien.

Larissa ließ ihre Blicke über die Landschaft schweifen und stellte fest: "Wenn die Umstände nicht so erbärmlich wären, müsste man wohl einräumen, dass dies ein wirklich grandioses Panorama ist."

Igor dagegen dachte an die Abgeschiedenheit, in der sie sich nun befanden, und sagte: "Hier findet uns jedenfalls so schnell keiner."

Ali ging kommentarlos an den beiden vorbei und marschierte weiter. Das Flugzeug verschwand in der Ferne. Und Larissa und Igor ließen den Ort ihrer unfreiwilligen Landung hinter sich und folgten Ali.

22. Kapitel
August 2013 in Delhi

Schlechte Nachrichten

Unterdessen war Pandhu in Delhi bereits weit vor Sonnenaufgang aufgestanden. Er holte Franz am Rajasthan-Grand-
Hotel ab, und gemeinsam ließen sich die beiden in Pandhus
Kleinbus zum Flughafen der indischen Hauptstadt bringen.
Da es noch so früh am Morgen war, fiel ihre Unterhaltung
während der Fahrt zwar eher spärlich aus, aber Blues Ankunft
in Indien wollte sich keiner der beiden entgehen lassen.

Nirmala hatte tags zuvor die gesamte Presse in Delhi
informiert, sodass Franz und Pandhu bereits von einigen neu-
gierigen Journalisten erwartet wurden, als sie im Frachtbereich des Flughafens ankamen. Die Reporter stürzten sich auf
Pandhu und wollten wissen: "Wie geht es weiter mit Blue?
Welche Rolle wird er in Ihrem Wahlkampf spielen? Werden
Sie ihn zu Ihren öffentlichen Auftritten mitnehmen?"

Pandhu wollte falsche Erwartungen gar nicht erst auf-
kommen lassen und erklärte: "Blue wird ausschließlich im
Zoo zu sehen sein. Dort wird er heute hingebracht, und dort
wird er bleiben. Im Zoo kann ihn künftig jeder, der es möchte,
bewundern, allerdings erst ab übermorgen. Denn heute und
morgen werden wir Blue noch nicht dem Publikum aussetzen,
um ihm die Erholung vom Reisestress und die Eingewöhnung
in seine neue Umgebung ein wenig zu erleichtern. Jedenfalls
hoffe ich, dass Blue sich in seinem neuen Schneehaus
genauso wohl fühlen wird wie all die vielen Besucher, die die
Schneelandschaft bereits erkundet haben."

Ein Reporter hakte nach: "So wie es aussieht, können Sie sich weiterhin keineswegs sicher sein, dass Sie im November als Bürgermeister von Delhi wiedergewählt werden. Sanjay und seine Shiva-Tigers liegen in den meisten Umfragen knapp in Führung. Ist es nicht einfach so, dass Tiger besser zu Delhi passen als Eisbären?"

Pandhu widersprach: "Das lebhafte Interesse am Eisbär-Casting und der Andrang bei der Eröffnung des Schneehauses zeigen doch wohl, dass sich die Menschen hier auf Blue freuen. Blue ist ein Symbol für den Fortschritt Delhis und unsere Teilnahme an der Globalisierung. Dagegen sind Sanjay, die Shiva-Tigers und ihr Gerede über den bevorstehenden Untergang unserer Stadt nichts weiter als ein Rückschritt zu Furcht und Wahn."

Der Reporter erwiderte: "Sanjay sagt, die Götter würden eingreifen und Blues Einzug in Delhi verhindern."

Pandhu hielt dagegen: "Dann wird Sanjay eben feststellen müssen, dass er sich täuscht. Ich bin überzeugt, dass Blue ganz friedlich und im Einklang mit sämtlichen Energien des Universums in Delhi aufgenommen wird."

Im roten Morgendunst kroch die Sonne am Horizont hervor, und Pandhu beschloss, sich weiteren Fragen der Presse zu entziehen, indem er sich Franz zuwandte und sich mit ihm unterhielt.

Immer noch ein wenig verschlafen meinte Franz: "Es geht doch nichts über einen Eisbären zum Frühstück. Schon eine alte Weisheit aus dem Bankgeschäft besagt: Siehst du morgens einen Bären, gibt es abends gold'ne Ähren. Triffst du morgens wilde Bullen, gibt es abends keine Stullen."

Nachdem die Landung des Flugzeuges bereits eine halbe Stunde überfällig war, eilte plötzlich ein Flughafenmitarbeiter auf die Wartenden zu. Er trug eine gelbe Warnweste, hielt ein Funkgerät in einer Hand und verkündete: "Dürfte ich um Ihre Aufmerksamkeit bitten? Es geht um den Frachtflug von Ganesha-Airways aus Moskau: Leider ist vor etwa zwei Stunden im Luftraum über Afghanistan der Kontakt zu dem Flugzeug abgebrochen. Die Maschine ist vom Radar verschwunden, und es wurden keine Funksignale mehr empfangen. Das kann eine harmlose Ursache haben. Es kann sich um eine technische Störung des Radars handeln, oder es kann sein, dass die Maschine wegen zu geringer Flughöhe nicht mehr vom Radar erfasst wurde. Dass Flugzeuge kurzzeitig von der Bildfläche verschwinden, ist gerade in abgelegenen, gebirgigen Gegenden gar nicht so selten. In der Regel tauchen sie wenig später wieder auf.

Da das Eintreffen der Maschine hier in Delhi allerdings inzwischen auch bereits seit einer halben Stunde auf sich warten lässt, kann momentan nicht ausgeschlossen werden, dass eventuell ein größeres Problem vorliegt. Möglicherweise musste die Maschine aus technischen oder meteorologischen Gründen in Afghanistan, Pakistan oder Nord-Indien notlanden. Bisher haben wir aber keine derartige Meldung erhalten. Daher haben wir gemäß unseren Vorschriften nun die indische Polizei eingeschaltet, damit diese die Suche nach dem Flugzeug übernimmt, falls es nicht in der nächsten Zeit hier landet oder in irgendeiner anderen Weise wohlbehalten wiederauftaucht.

Und nun entschuldigen Sie mich bitte, damit ich mich weiter um eine Klärung der Lage bemühen kann. Ich werde dann in Kürze wieder zu Ihnen kommen und berichten."

Der Flughafenmitarbeiter verschwand und ließ Franz und Pandhu reichlich beunruhigt zurück. Schlagartig entfalteten sich in den Köpfen der beiden unterschiedlichste Schreckensszenarien: Pandhu sah vor seinem inneren Auge einen riesigen Feuerball, und Franz konnte es nicht unterdrücken, sich einen Eisbären im freien Fall vorzustellen. Die Reporter dagegen witterten Schlagzeilen und stürzten sich auf Pandhu. Obwohl ihnen klar sein musste, dass auch Pandhu soeben erst durch die schlechte Nachricht überrumpelt worden war, begannen sie, ihn hektisch mit unsinnigen Fragen zu überschütten: "Können Sie uns sagen, wo sich das verschwundene Flugzeug derzeit befindet? Welche Informationen liegen Ihnen über den Verbleib der Insassen vor? Seit wann wissen Sie, dass die Maschine vermisst wird? Wollen die Götter Blues Ankunft verhindern? Wird das Schneehaus wieder geschlossen, wenn der Eisbär nicht nach Delhi kommt?"

Pandhu fand die Fragen völlig aberwitzig und beschränkte sich darauf, in dürren Worten auf die Unklarheit der aktuellen Lage hinzuweisen und Zuversicht zu bekunden.

23. Kapitel
August 2013 in Delhi

Inspektor Rajit

Nach einigen Minuten kam der Mitarbeiter des Flughafens zusammmen mit einem Begleiter zurück. Zunächst gab er von sich, dass der Verbleib des Flugzeuges leider weiterhin unklar sei. Dann wies er auf den Uniformierten an seiner Seite und stellte ihn Franz und Pandhu vor: "Dies ist Inspektor Rajit von der Kriminalpolizei. Er wird die Untersuchungen übernehmen, falls das Flugzeug nicht umgehend wiederauftauchen sollte."

Inspektor Rajit verzichtete auf jedwede Begrüßung und sagte nur kurz zu Pandhu: "Folgen Sie mir bitte! Ich benötige einige Auskünfte von Ihnen."

Der Flughafenmitarbeiter führte Inspektor Rajit, Franz und Pandhu von den Reportern weg und brachte sie in einen leer stehenden Büroraum. Als er gegangen war und die drei anderen sich um einen Tisch gesetzt hatten, musterte Inspektor Rajit Pandhu und stellte fest: "Dass Sie der Bürgermeister von Delhi sind, weiß ich. Auf Ihren Ausweis kann ich also wohl verzichten."

Daraufhin richtete er einen bohrenden Blick auf Franz: "Und was ist mit Ihnen? Wer sind Sie? Haben Sie einen Ausweis? Könnte ich den bitte sehen?"

Franz reichte Inspektor Rajit seinen Pass und erläuterte: "Ich bin Österreicher und arbeite derzeit hier in Delhi. Ich bin ein Freund von Pandhu und wollte zusammen mit ihm die Passagiere des Flugzeuges begrüßen."

Inspektor Rajit wandte sich an Pandhu: "Wer sollte sich denn in der Maschine befinden?"

Pandhu erwiderte: "Abgesehen von der Besatzung sind, soweit ich weiß, Blue, also der Eisbär für den Zoo von Delhi, und Larissa, eine Eiscremefabrikantin aus Russland, an Bord. Wer sonst noch in dem Flugzeug sein könnte, weiß ich nicht."

Inspektor Rajit ließ seinen Blick zurück zu Franz wandern und fragte unwirsch: "Warum wollen Sie als Österreicher denn am Flughafen von Delhi einen Eisbären und eine Eiscremefabrikantin aus Russland begrüßen? Können Sie das erklären?"

Franz erwiderte trocken: "Weil ich für die beiden arbeite."

Inspektor Rajit zog die Augenbrauen hoch und hakte nach: "Und warum, bei allen Göttern, arbeiten Sie für einen Eisbären und eine Russin?"

Franz zögerte einen Moment, bevor er erklärte: "Kurz gesagt: Weil ich nach Harmonie im Chaos suche."

Inspektor Rajit starrte ihn finster an und verkündete barsch: "Wissen Sie, was ich denke? Sie sind verdächtig! Zum einen reden Sie Unsinn, und zum anderen weiß ich aus meiner langjährigen Berufserfahrung als Inspektor, dass sich das Problem hinter dem Problem meist direkt vor meinen Augen befindet."

Franz ließ sich durch das ruppige Auftreten von Inspektor Rajit allerdings nicht beeindrucken und erwiderte nur: "Ich bin aber nicht das Problem hinter unserem Problem."

Inspektor Rajits bohrender Blick verharrte zunächst auf Franz, wanderte dann aber langsam zurück zu Pandhu, der sich dadurch aufgefordert fühlte, ebenfalls seine Unschuld zu beteuern: "Auch ich bin nicht das Problem hinter unserem Problem."

Inspektor Rajit schaute zur Decke. Die dort montierte Lampe flackerte kurz auf. Dann richtete er seine Augen wieder auf die beiden anderen und sagte spitz: "Das sind aber wenig Anhaltspunkte für eine zügige Aufklärung des Falls. Ein bisschen mehr Kooperation erwarte ich schon."

Dann schwieg er einen Moment, bevor er Pandhu fragte: "Was denken Sie denn, wo sich die vermisste Maschine befindet?"

Pandhu antwortete: "Ich hoffe, dass sie sich im Landeanflug auf den Flughafen von Delhi befindet."

Inspektor Rajit bohrte nach: "Und wenn nicht?"

Pandhus Sorgenfalten wurden tiefer, und er erwiderte: "Dann habe ich keine Ahnung, wo sie ist."

Daraufhin wandte sich Inspektor Rajit an Franz: "Und was meint der verdächtige Österreicher, wo sich die vermisste Maschine befindet?"

Franz antwortete ungerührt: "Ich könnte mir durchaus vorstellen, dass die Maschine bereits planmäßig in Delhi gelandet ist und es bislang nur keiner bemerkt hat."

Inspektor Rajit verzog keine Miene und wollte wissen: "Und wenn nicht?"

Franz gab zurück: "Dann hoffe ich, dass das Flugzeug sicher an irgendeinem anderen Ort gelandet ist, wie es bereits der Mitarbeiter des Flughafens für möglich hielt."

Inspektor Rajit stand auf, trat an ein Fenster, von dem er das Rollfeld überblicken konnte, und ließ verlauten: "Dann wollen wir einmal die Vermutung unseres Eisbärfreundes aus Europa überprüfen. Die Hypothese, dass die Maschine bereits planmäßig gelandet ist, ist vielleicht gar nicht mal so schlecht. Denn das Problem hinter dem Problem befindet sich ja erfahrungsgemäß meist direkt vor meinen Augen."

Und nach diesen Worten starrte Inspektor Rajit regungslos auf das Rollfeld.

Pandhu verlor die Geduld. Unbehelligt von Inspektor Rajit verließ er zusammen mit Franz den Raum. Nachdem er den Flughafenmitarbeiter gefunden hatte, erkundigte er sich nach Neuigkeiten, bekam aber als Antwort nur ein Kopfschütteln.

Eine Weile verging, in der alle ungeduldig auf eine erlösende Entwarnung warteten. Schließlich erklärte Pandhu, er könne die Suche eher vom Rathaus als vom Flughafen aus unterstützen und werde daher nun mit Franz zurück in die Stadt fahren. Er tauschte sowohl mit dem Mitarbeiter des Flughafens als auch mit Inspektor Rajit die Handy-Nummern aus und bat darum, dass man ihn über Änderungen der Lage umgehend unterrichten möge.

Auf der Rückfahrt in die Innenstadt versanken Franz und Pandhu zunächst jeder für sich in Grübelei. Dann tauschten sie ihre Gedanken aus. Ihr Entsetzen über das Verschwinden von Larissa und Blue stand natürlich im Vordergrund, aber auch ihre Verwunderung über den merkwürdigen Auftritt von Inspektor Rajit kam zur Sprache. Zwischendurch telefonierte Pandhu noch mehrmals mit dem Flughafen. Am unklaren Schicksal von Larissa und Blue änderte sich aber nichts.

Immer noch recht früh am Morgen trafen Franz und Pandhu im Rathaus von Delhi ein, wo Nirmala bereits nichts ahnend zur Arbeit erschienen war und sofort über die beunruhigenden Entwicklungen ins Bild gesetzt wurde. Bald ließ eine wachsende Anzahl von Anfragen die Telefone im Rathaus nicht mehr stillstehen. Zunächst war es die indische Presse, aber dann waren die schlechten Nachrichten auch bis nach Moskau gelangt, und auch von dort kamen Anrufe. Bei Baikal-Eis, Larissas Unternehmen, war man höchst alarmiert über das Verschwinden der Inhaberin. Der Direktor des Moskauer Zoos steuerte zerknirscht die Information bei, dass auch Blues Betreuer Igor in der Maschine gewesen sei. Auch Boris, der Bürgermeister von Moskau, meldete sich bei Pandhu, bot Hilfe an und vermittelte den Kontakt zwischen der russischen und der indischen Polizei. Schließlich hatte Pandhu sogar einen Bruder von Igor am Apparat sowie einen weiteren Russen, der sich als der geschiedene Ehemann von Larissa ausgab.

Am Nachmittag veranstaltete Pandhu dann im Rathaus eine Pressekonferenz, auf der er seiner großen Sorge über das spurlose Verschwinden des Flugzeuges und das Schicksal der Passagiere und der Besatzung Ausdruck verlieh und es auch nicht versäumte, eine ansehnliche Belohnung für sachdienliche Hinweise auszusetzen.

Bis zum Ende des Tages ergaben sich aber keinerlei Anhaltspunkte zur Klärung der Lage.

Am nächsten Morgen beherrschte Blue nicht, wie geplant, durch seine Ankunft, sondern durch sein Fernbleiben die Schlagzeilen in Delhi. Aber auch die Schadenfreude und die hämischen Kommentare von Sanjay und seinen Shiva-Tigers fanden ihren Niederschlag in der Presse.

Im Zoo von Delhi beschlossen die Mitarbeiter des neu eröffneten Cafes von Baikal-Eis, die Vermutungen der Besucher über den Verbleib von Larissa und Blue zu protokollieren und im Gegenzug kostenlos Eis zu verteilen.

Auch bei der Polizei gingen viele Anrufe mit Mutmaßungen ein. Oftmals wurden Sanjay und die Shiva-Tigers verdächtigt, hinter dem Vorfall zu stecken, und es wurde daran erinnert, dass diese sich bereits seit Wochen massiv gegen Blues Umzug nach Delhi gewehrt hatten. Es wurde aber auch darüber spekuliert, ob das Flugzeug entführt worden sei, ob die Maschine vielleicht schrottreif gewesen sei oder ob Russland Blue einfach nur behalten wolle.

Inspektor Rajit stattete der Zentrale von Ganesha-Airways einen Besuch ab und fragte, ob die Fluggesellschaft vielleicht das Problem hinter dem Problem sei. Ganesha-Airways wies dies aber entschieden von sich und erklärte, die Maschine sei in tadellosem Zustand gewesen. Inspektor Rajit erkundigte sich auch nach der Besatzung des Flugzeuges, woraufhin Ganesha-Airways versicherte, der Pilot und der Kopilot seien Profis mit langjähriger Erfahrung. Mit keinem Wort war dabei von einem dritten Besatzungsmitglied die Rede. Inspektor Rajit ließ sich alle verfügbaren Daten über das Flugzeug, den Piloten und den Kopiloten geben und begab sich zurück auf sein Revier.

Bis zum Abend gab es aber keine brauchbaren Erkenntnisse, wo das vermisste Flugzeug sein könnte.

24. Kapitel
August 2013 in Delhi

Auf der Suche

Pandhu beschloss, Dönpo ins Bild zu setzen und um Rat zu fragen, bekam aber bei dem Versuch, ihn anzurufen, zunächst nur einen Spruch zu hören, den er schon kannte: "Hier ist die Mailbox von Dönpo. Ich rufe zurück, sobald es das Chaos erlaubt."

Pandhu sprach einen kurzen Lagebericht auf die Mailbox. Eine Stunde später meldete sich Dönpo aus Österreich: "Es soll ja Wurmlöcher im Universum geben. Und vielleicht kann man mit deren Hilfe auch entfernteste Verwicklungen wahrnehmen. Aber deine schlechten Nachrichten treffen mich völlig unvorbereitet. Im österreichischen Rundfunk gab es jedenfalls meines Wissens keinen Mucks über ein mitsamt Insassen verloren gegangenes indisches Frachtflugzeug."

Pandhu schilderte Dönpo die Situation und fügte hinzu: "Ich male mir schon die schrecklichsten Szenarien aus: Blue hängt wie ein Bettvorleger über einem Berggrat, und Larissa wird in Pakistan wiedergeboren. Hast du vielleicht eine Idee, wie wir den Lauf der Welt wieder ins Lot bringen können? Du bist doch der Experte!"

Dönpo entgegnete: "Auch ich als ehemaliger buddhistischer Mönch mit Frau, vier Kindern, einem Porsche und festem Wohnsitz in Wien verfüge nur über begrenzte Mittel. Ich hatte zwar schon Präsident Clinton bei mir im Seminar und weiß auch, dass man den richtigen Eisbären nicht einfach auswürfeln sollte, aber wie man mittels der Energien des

Universums ein verschwundenes Flugzeug einfach mal eben wieder auftauchen lassen kann, ist auch mir nicht bekannt. Aber, apropos Präsident Clinton, da war doch dieser cyber-tote amerikanische Cyber-Agent mit dir und Larissa in dem Seminar. So ein echter Geheimagent könnte uns doch vielleicht helfen? Wie hieß der doch gleich?"

Pandhu antwortete: "Sein Name war John."

Daraufhin meinte Dönpo: "Ah ja. Ich erinnere mich. Also: Ich werde mich nun zunächst darum bemühen, die Energien des Universums gnädig zu stimmen, indem ich ein Räucher-stäbchen entzünde. Dann werde ich die Kontaktdaten von John heraussuchen und versuchen, mit ihm zu sprechen. Und danach rufe ich dich wieder an."

Nach einer halben Stunde meldete sich Dönpo wieder bei Pandhu: "Der Herr Geheimagent war gar nicht so schwer zu erreichen, wie ich dachte. Ich soll dich herzlich von ihm grüßen. Allerdings kann er mit seinen Erfahrungen als Cyber-Agent nicht viel ausrichten, falls das Flugzeug lediglich eine Trümmerspur in irgendeiner menschenleeren Bergregion Zentralasiens hinterlassen haben sollte. Er kann nur helfen, sofern sich eine Datenspur des Flugzeuges ausfindig machen lässt. Aber er hat mir versprochen, dass er mit all seinen Möglichkeiten nach einer solchen Spur suchen wird."

Pandhu war zwar froh, dass Dönpo John als zusätzliche Unterstützung für die Nachforschungen gewonnen hatte. Aber das minderte nicht seine Befürchtung, dass das Flugzeug bei einem Absturz zerschellt sein könnte. Er fragte: "Und was machen wir, wenn es nur eine Trümmerspur gibt?"

Dönpo erwiderte: "Darüber denken wir vorerst überhaupt nicht nach. Ich glaube auch, du brauchst dir keine Sorgen zu machen. Das Räucherstäbchen, das ich gerade abgebrannt habe, sprach von gutem Flug, langem Leben und viel Harmonie im Chaos."

Pandhu fiel es schwer, sich von Dönpos Optimismus anstecken zu lassen, und meinte nur: "Hoffentlich befand sich das Räucherstäbchen bei seinem Abbrennen im Einklang mit den Göttern."

Unverzagt gab Dönpo zurück: "Davon gehe ich aus. Räucherstäbchen können sich den Energien des Universums üblicherweise nicht widersetzen. Sie haben bei Weitem nicht so viel Eigensinn wie Menschen."

Am folgenden Tag meldete sich dann Inspektor Rajit bei Pandhu und berichtete: "Das Flugzeug ist immer noch nicht gefunden worden. Aber ich habe Erkundigungen über den Piloten und den Kopiloten eingeholt. Der Pilot hat leider keine Familie in Delhi. Dafür ist die Verwandtschaft des Kopiloten umso größer und umfasst auch eine Frau und einen Sohn. Auffällig ist, dass seit dem mysteriösen Flug niemand mehr irgendetwas von der Frau und dem Sohn des Kopiloten gehört oder gesehen hat. Die beiden sind wie vom Erdboden verschluckt und scheinen weder bei einem ihrer vielen Verwandten noch bei Freunden zu sein. Möglicherweise ist dies eine Spur zu dem Problem hinter dem Problem. Zumindest ist dies ein Indiz dafür, dass die Maschine vielleicht doch nicht ohne jede Vorwarnung abgestürzt ist."

John häckte sich derweil bei den für den Luftverkehr zuständigen Behörden in Afghanistan, Pakistan und Indien ein. In Pakistan fand er sogar einen Vermerk über eine nicht identifizierte Flugbewegung im nördlichen Luftraum des Landes, die sich zeitlich ungefähr mit dem Verschwinden des Frachtflugzeuges deckte. Er verfolgte die Spur weiter, stieß dabei aber auf weitere ähnliche Vermerke, die sich auf frühere Zeitpunkte bezogen. Daher verschaffte er sich Einblick in einige Datenbanken des Pentagon und konnte so feststellen, dass es sich bei all diesen nicht identifizierten Flugbewegungen um verdeckte Operationen amerikanischer Drohnen über pakistanischem Gebiet gehandelt hatte. Und auch eine Notlandung in Nepal, die er ausfindig machte, erwies sich lediglich als das Ergebnis des Versuchs einiger holländischer Hobby-Piloten, den Mount Everest zu umfliegen.

Gleichermaßen zähe wie lähmende Tage des Nachforschens, Vermutens und Wartens vergingen, in denen keinerlei neue Indizien ans Licht kamen. Das Flugzeug, Larissa, Igor, Blue, der Pilot sowie der Kopilot und dessen Frau und Sohn blieben spurlos verschwunden. Auch die Entsendung eines Suchtrupps der afghanischen Polizei zu der Stelle, an der die Maschine vom Radar verschwunden war, blieb erfolglos.

Da viele Hinweise der Bevölkerung weiterhin auf Sanjay und dessen Interesse an einem Misserfolg des Eisbärprojektes hindeuteten, stattete Inspektor Rajit auch diesem einen Besuch ab und erkundigte sich, ob dieser vielleicht das Problem hinter dem Problem sei. Sanjay zuckte aber nur mit den Achseln und versicherte, weder er noch seine Shiva-Tigers hätten irgendetwas mit der Sache zu tun.

In Moskau wuchs unterdessen die Verzweiflung bei den Angehörigen, bei Baikal-Eis und im Zoo.

In Delhi dagegen blieb es auch ohne Blue bei einem regen Besucherandrang auf das neue Schneehaus. Pandhu erhielt zwar von vielen Seiten Zuspruch. Nicht wenige Einwohner Delhis waren aber auch der Ansicht, er sei erneut daran gescheitert, die Stadt voranzubringen, wandten sich wieder Sanjay und dessen Shiva-Tigers zu und strömten in bunten Gewändern zu deren nächtlichen Tanzfesten.

Pandhu telefonierte beinahe täglich mit John, Dönpo und Inspektor Rajit. John blieb allerdings erfolglos bei all seinen Versuchen, auf den vielen Computern im weltweiten Netz, in die er sich einhäckte, eine Datenspur zu finden, die das Geheimnis um das vermisste Flugzeug hätte lüften können. Aber er versprach weiterzusuchen, und auch Inspektor Rajit und die russische Kriminalpolizei setzten ihre Ermittlungen fort.

Bei Nirmala war von der guten Laune, mit der sie nach der Eröffnung des Schneehauses durch das Rathaus von Delhi getanzt war, nichts mehr übrig. Und Franz versuchte, sich von dem ganzen Drama abzulenken, indem er von früh bis spät am Aufbau der Delhi-Moskau-Banking-Corporation arbeitete und dabei erste Geschäfte zwischen Indien und Russland einfädelte, die überhaupt nichts mit Eiscreme zu tun hatten.

Nach zwei Wochen ohne jedweden brauchbaren Hinweis begann Pandhu, jegliche Hoffnung aufzugeben. Er konnte sich des Gefühls nicht mehr erwehren, dass Larissa, Igor und Blue für immer an der Flanke irgendeines Berges verschollen waren. Rätselhaft blieb für ihn lediglich, dass auch die Frau und der Sohn des Kopiloten verschwunden waren.

Allein Dönpo hielt an seiner Zuversicht fest. Bei jeder sich bietenden Gelegenheit erzählte er Pandhu, dass all die Räucherstäbchen, die er derzeit abbrenne, in seltener Einmütigkeit auf einen heilsamen Fluss der Energien des Universums hindeuten würden. Immer wieder versuchte er, Pandhu aufzumuntern, und meinte unter anderem: "Wenn man denkt, die Harmonie im Chaos sei verloren, dann sieht man nur das Spektrum der Möglichkeiten nicht."

25. Kapitel
August 2013 in Afghanistan

Die Schlucht

Nachdem Larissa und Igor den Ort ihrer unfreiwilligen Landung hinter sich gelassen hatten, folgten sie Ali in die Bergwelt, die sie umgab. Im Verlauf der ersten Kilometer wurde die Landschaft nach und nach rauer. Es gab keinerlei Markierungen, aber Ali schien den Weg zu kennen. Angesichts des Revolvers an seinem Gürtel und der unwirtlichen Gegend wanderten Larissa und Igor widerstandslos hinter ihm her. Die Rucksäcke wogen schwer, und nur mit Bedacht ließ sich auf dem umherliegenden Geröll ein Fuß sicher vor den anderen setzen.

Nachdem sie eine Weile unterwegs waren, erklärte Ali: "Ich denke, es ist Zeit für eine Pause. Und falls ihr immer noch rätselt: Ihr seid hier in Afghanistan."

Er ließ sich von Larissa und Igor ihre Feldflaschen aushändigen und füllte sie an einem Bergbach mit eiskaltem Wasser. Es gab auch eine erste Kostprobe des Proviants in den Rucksäcken.

Ali wies mit einer Armbewegung auf die majestätische Natur und erklärte: "Es würde euch gar nichts bringen zu fliehen. Ihr könnt euch hier nicht allein zurechtfinden. Ihr solltet meine Anwesenheit also nicht als Last, sondern als Hilfe ansehen. Und falls euch diese Einsicht schwerfällt, kann ich euch gerne einen Tag lang hier allein zurücklassen. Was meint ihr? Wollt ihr es bis morgen allein versuchen?"

Larissa und Igor sahen sich erst um und dann an und

dachten dabei auch an die elektronische Fessel, die Ali ihnen nach der Landung jeweils um eines der Handgelenke gelegt hatte. Schließlich antwortete Larissa: "Wir verzichten auf das Experiment."

Ali erwiderte: "Sehr vernünftig! Vernunft ist eine gute Grundlage für unser Miteinander. Jeder von uns wird wohlbehalten von diesem Ausflug zurückkehren, solange wir alle vernünftig sind."

Larissa fragte: "Wie viel Lösegeld wollt ihr denn für uns haben? Sag schon! Wie viel sind wir wert?"

Ali zuckte mit den Schultern.

Daraufhin fragte Igor: "Wird der Eisbär ebenfalls wohlbehalten zurückkehren?"

Ali zuckte nochmals mit den Schultern.

Die Wanderung ging entlang eines wasserlosen Flussbettes weiter, das von niedrigem vertrocknetem Gestrüpp gesäumt wurde. Die Sonne stand nun hoch am wolkenlos blauen Himmel. Obwohl es nach der Landung des Flugzeuges in dem Hochtal morgens noch sehr kalt gewesen war, hatten die Temperaturen inzwischen ein recht angenehmes Niveau erreicht.

Larissa und Igor blickten während ihrer Suche nach geeigneten Trittflächen manchmal von ihren Füßen auf und staunten über die Landschaft. Entlang des Flussbettes erstreckten sich sanfte braune Hänge, die in schroffere graue Berge übergingen, auf denen teilweise ein wenig Schnee lag. Bis auf einige Vögel, die gelegentlich umherschwirrten, waren keine Tiere zu sehen. Kaum ein Luftzug war zu spüren. Und abgesehen vom Knirschen der Steine unter ihren Füßen herrschte absolute Stille.

Nachdem sie dem Flussbett eine Zeit lang gefolgt waren,

führte es auf eine hohe Felswand zu, die das Tal abzuriegeln schien. Ali begann, Brennmaterial zu sammeln. Er riss hin und wieder einen Busch aus dem staubigen Boden, hackte mit einem Messer die Äste ab und befestigte den Stumpf an seinem Rucksack.

Die Felswand kam näher, und kein Durchkommen war zu erkennen. Erst als sie unmittelbar davorstanden, sahen Larissa und Igor, dass sich das Flussbett in einer von senkrechten Wänden eingerahmten Schlucht fortsetzte.

Sie wanderten in den Einschnitt hinein. Das ausgetrocknete Flussbett war innerhalb der Schlucht fast genauso breit und eben wie davor. Aber hoch oben zwischen den Steilwänden waren nur noch kleine Reste blauen Himmels zu sehen. Ihre Schritte hallten wider. Und wenn sie stehen blieben, konnten sie kleine Steinchen die Felswände herunterrieseln hören.

Als sie bereits eine Weile in der Schlucht unterwegs waren, sagte Ali: "Die Sonne geht bald unter. Wir werden heute Nacht hier bleiben."

Er ließ Larissa und Igor die Schlafsäcke auspacken und wies den beiden eine Schlafnische in der Felswand zu. Das Tageslicht schwand, und Ali entfachte mit den gesammelten Holzstücken ein kleines Feuer, auf dem er ein wenig Proviant erwärmte. Sie aßen schweigend. Danach forderte Ali Larissa und Igor auf, in die Schlafsäcke zu steigen, und in einigem Abstand suchte er sich selbst einen Schlafplatz.

Das Feuer brannte nieder. Zunächst ging von der verbliebenen Glut noch ein kaum wahrnehmbarer Schimmer aus, aber allmählich wurde es vollkommen finster. Das Licht des Mondes oder der Sterne drang nicht bis auf den Boden der Schlucht. Absolut nichts war mehr zu sehen.

Larissa und Igor spürten, wie es kälter und kälter wurde, und krochen tiefer in ihre Schlafsäcke.

Sie konnten aber nicht schlafen. Stunde um Stunde lagen sie still und frierend in ihrer Nische in der Felswand. Die Nacht schien ewig zu dauern. Irgendwann war Larissas Geduld erschöpft, und sie fragte in die Dunkelheit hinein: "Hat diese Nacht denn nie ein Ende?"

Ali, der ebenfalls wach lag, antwortete: "In zwei Stunden ist Sonnenaufgang. Aber wir können auch jetzt schon aufbrechen."

Larissa erwiderte: "Solange ich nichts sehe, mache ich keinen Schritt."

Daraufhin ließ Ali eine Taschenlampe aufblitzen und entlockte Larissa damit die Feststellung: "Ach was! So etwas gibt es also auch?"

Ali stand auf, reichte auch Larissa und Igor jeweils eine Lampe und erklärte: "Wenn wir jetzt losgehen, können wir bei Sonnenaufgang am Ende der Schlucht frühstücken."

Steif vor Kälte rollten sie ihre Schlafsäcke zusammen, verstauten sie in den Rucksäcken und machten sich auf den Weg. Die Taschenlampen waren recht schwach und lieferten nur kleine Lichtkegel. Um unterwegs nicht die Übersicht über die Bodenbeschaffenheit und die Lage der Felswände zu verlieren, mussten Larissa, Igor und Ali ihre Lampen unablässig hin und her schwenken. Flackernd und nur langsam ging es voran. Aber Larissa und Igor waren froh, dass Finsternis und Stille überwunden waren, und mussten bei ihrer Suche nach Orientierung sogar manchmal lachen.

Ali hatte nicht zu viel versprochen. Als sie am Ende der Schlucht ankamen, erwarteten sie dort die Morgensonne und ein weiter Blick auf eine spektakuläre Landschaft. Tausende von verwitternden rötlichen Felstürmen verteilten sich über die umliegenden Berghänge, und an einigen Stellen war sogar spärliches grünes Nadelgehölz zwischen den roten Felsen zu sehen.

Igor raffte sich zu seinen ersten zusammenhängenden Worten seit dem vorigen Abend auf und murmelte zu Larissa: "Die Gegend sieht ja ganz nett aus. Aber das war eine verdammt kalte Nacht. Gut, dass wir Russen uns mit Kälte auskennen."

Ali bereitete ein Frühstück, und Larissa räumte widerstrebend ein: "Mit den Taschenlampen durch die Schlucht zu tappen, das war schon ein Erlebnis."

Als sie die Wanderung fortsetzten und die Sonne höher stieg, spürten sie, wie die Wärme in ihre Körper zurückkehrte. Nachdem sie eine Weile unterwegs waren, kam ihnen dann in der Ferne ein Hirte mit einigen Ziegen entgegen. Zunächst sah es so aus, als ob es zu einem Zusammentreffen kommen würde. Der Hirte wich aber mit seiner Herde auf einen seitlich gelegenen Hang aus. Als Larissa, Igor und Ali in großem Abstand an ihm vorbeigingen, schleuderte er einige Steine in ihre Richtung. Es war allerdings kein Angriff, sondern eher eine Geste der Ablehnung. Enttäuscht dachte Larissa: "Es hat wohl keinen Sinn, jetzt laut um Hilfe zu rufen und darauf zu hoffen, dass dieser Hirte die Geiselnahme von Igor und mir beendet."

Es blieb ihre einzige Begegnung. Andere Menschen bekamen sie im Verlauf dieses Tages nicht mehr zu sehen.

26. Kapitel
August 2013 in Afghanistan

Zwei Herbergen

Gegen Abend, als die Sonne sich wieder zum Horizont senkte, führte Ali Larissa und Igor von der Talsohle weg. Sie marschierten einen Hang hinauf und sahen ähnlich wie am vorangegangenen Nachmittag nur unüberwindliche Felsen vor sich. Larissa erschauderte und fragte Ali: "Noch so eine elendig kalte Schlucht?"

Ali erwiderte: "Nein. Diesmal gibt es ein festes Dach über dem Kopf."

Und wenig später sah Larissa, was Ali meinte. Denn sie standen vor einer von der Abendsonne beschienenen Felswand, in die fein säuberlich einige Höhlenwohnungen gemeißelt waren. Die Behausungen hoben sich vom umgebenden rauen Gestein nur durch ihre geglätteten Fronten und ihre Tür- und Fensteröffnungen ab. Das Höhlendorf schien in recht gutem Zustand zu sein, war aber offenbar unbewohnt.

Sie begannen, sich in den Höhlenwohnungen umzuschauen, bis Ali entschied, welche der Behausungen ihr Nachtquartier werden sollte. Seine Wahl fiel auf eine Unterkunft mit besonders dicken Wänden und möglichst kleinen Öffnungen. Dann gingen sie wieder ins Freie und schauten von dem kleinen Plateau, das vor den Höhlenwohnungen lag, in die weite Landschaft und in den Sonnenuntergang. Igor murmelte: "Hübsch hier."

Ali hatte wieder Brennholz gesammelt und entfachte im Freien das abendliche Lagerfeuer. Dann gab es etwas zu essen. Obwohl es nun rapide kälter wurde und Ali dazu aufrief, die Schlafsäcke aufzusuchen, reagierten Larissa und Igor nicht sofort. Sie konnten sich nicht davon losreißen, wie sich über ihnen ein einmalig klarer Sternenhimmel mit einer schmalen Mondsichel entfaltete. Einen so prächtigen Nachthimmel hatten die beiden noch nie gesehen.

Ali verschwand in der Höhlenwohnung. Und schließlich folgten auch Larissa und Igor zähneklappernd seinem Beispiel. In der Höhlenwohnung war es zumindest ein bisschen wärmer als in der Schlucht, und so gelang es Larissa und Igor nach der vorangegangenen durchwachten Nacht diesmal, zumindest phasenweise zu schlafen. Ali dagegen schlief nicht nur sporadisch, sondern tief und fest. Er hatte bei seinem Nachtlager wieder auf einen gewissen Abstand zu Larissa und Igor geachtet und vertraute darauf, dass die elektronischen Fesseln, die Larissa und Igor am Handgelenk trugen, Alarm auslösen würden, falls die beiden ihm zu nah kommen oder eine Flucht versuchen würden.

Die Stimmung am nächsten Morgen war recht entspannt. Larissa schaute sich nochmals in dem Höhlendorf um und wollte gerne wissen, wann und von wem es errichtet worden war. Sie spekulierte über persische und tibetische Einflüsse auf den Baustil und hätte am liebsten sofort mit archäologischen Grabungen begonnen. Ali ließ sie eine Weile gewähren, bestand dann aber auf Aufbruch.

Das Hochtal, dem sie an den vergangenen beiden Tagen gefolgt waren, bestimmte nicht länger die Marschrichtung, sondern es ging nun steil bergan. Ali legte ein zügiges Tempo vor. Insbesondere für Larissa entwickelte sich der Aufstieg in der dünnen Bergluft zur Strapaze, sodass Igor und Ali ihr Teile des Gepäckes abnehmen mussten.

Sie ließen die letzten Vegetationsreste hinter sich und näherten sich der Schneegrenze. Larissa stöhnte: "Hier oben können wir aber keinesfalls übernachten."

Ali erwiderte: "Das werden wir auch nicht tun. Sonst würden wir wahrscheinlich wirklich erfrieren."

Dann zeigte er nach vorne auf einen schneefreien Bergsattel und erklärte: "Da müssen wir noch hinüber. Aber dann geht es wieder abwärts."

Erschöpft fragte Larissa: "Und heute Abend gibt es wieder eine Höhlenwohnung?"

Daraufhin erwiderte Ali: "Nein. Heute Abend gibt es zur Abwechslung einen Ziegenstall."

Sie schleppten sich weiter bis zur Passhöhe. Als sie oben angekommen waren und die Welt auf der anderen Seite des Passes sehen konnten, verschlug aber nicht nur die Höhenluft, sondern auch das Panorama, das sich auftat, Larissa und Igor den Atem. Während sie bisher durch eine gebirgige Hochebene gewandert waren, lag nun in großer Entfernung ein weites und tiefes Tal quer vor ihnen, und dahinter erhob sich vor strahlend blauem Himmel eine Kette derart hoher schneebedeckter Berge, dass Larissa in ihrer Begeisterung über den Anblick unwillkürlich fragte: "Kann man etwa den Mount Everest sehen?"

Ali verneinte und fügte hinzu: "Die Bergkette dort hinten ist ungefähr sechstausend Meter hoch. Der Mount Everest ist noch fast dreitausend Meter höher. Und er ist weit weg."

Zwar völlig erledigt, aber von der grandiosen Aussicht überwältigt meinte Larissa daraufhin zu Ali: "Nach der Durchquerung der Schlucht im Schein der Taschenlampen und dem Höhlendorf ist das hier nun schon das dritte große Highlight innerhalb der vergangenen Tage."

Igor genoss ebenfalls staunend die Fernsicht und meinte: "Da soll mich doch der Teufel holen."

Angesichts von so viel Lob verspürte auch Ali ein wenig Stolz auf seine Leistungen als Bergführer, und gemeinsam ließen sie das Panorama in aller Ruhe auf sich wirken. Trotz massiver Nachfragen von Larissa wollte Ali aber keine Aussage dazu machen, wo sie sich denn nun genau befanden, und meinte schließlich: "So, und nun geht es erst einmal abwärts zu dem Ziegenstall."

Der Abstieg war zwar steiler als der Aufstieg, brachte sie aber weniger außer Atem. Sie kehrten in den Bereich spärlicher Vegetation zurück und erreichten ein karges Hochtal.

Nachdem sie dort eine Weile marschiert waren, sahen sie einige Ziegen. Die Wanderung führte auf eine größere Ansammlung von Steinen zu, in denen Larissa und Igor erst in dem Moment ein Gehöft erkannten, als sie das Bellen eines Hundes hörten.

Ein Mann und einige Kinder erschienen neben der Behausung. Ali wies Larissa und Igor an, stehen zu bleiben, ging allein voraus zu dem Bauern und begann mit diesem zu diskutieren. Larissa und Igor konnten sich aus ihren Beobachtungen aber keinen Reim darauf machen, worum es bei der Unterredung ging. Es wurde ihnen nicht einmal klar, ob Ali den Mann kannte oder nicht. Als die Verhandlungen beendet waren, winkte Ali Larissa und Igor mit einer Armbewegung heran. Der Bauer verschwand in seiner Behausung, nur die Kinder umringten Larissa und Igor.

Ali sagte: "Dann wollen wir uns die Suite doch einmal genauer ansehen."

Gefolgt von Larissa und Igor betrat er durch eine verwitterte Holztür hindurch einen Raum, der bis auf zwei halbhohe Trennwände vollständig leer war. Sie schauten sich in dem Raum, der offenbar ein Stall war, um, und Ali verkündete: "Das ist ja wirklich der pure Luxus. Die Suite hat sogar drei Zimmer. Das ist mehr Platz, als wir brauchen. Ich würde sagen, die hintere Box wird euer Nachtlager und die beiden vorderen Boxen lassen wir den Ziegen."

Daraufhin wollte Larissa wissen: "Und wo wirst du übernachten?"

Ali antwortete: "Ich werde nebenan bei der Familie schlafen. Da wird es aber auch nicht viel komfortabler sein. Also: Macht es euch gemütlich!"

Er ließ sich von Larissa und Igor den Proviant aus ihren Rücksäcken aushändigen und ging hinüber zur Familie. Larissa und Igor betrachteten noch ein wenig ihren Schlafbereich für die nächste Nacht. Dann gingen sie wieder hinaus ins Freie, schauten sich um und stellten einige Ähnlichkeiten der Umgebung mit der Hochebene fest, in der sie zweieinhalb Tage zuvor von dem Frachtflugzeug abgesetzt worden waren. Nur talwärts sah die Aussicht anders aus. Dort sahen sie in der Ferne weiterhin das schneebedeckte Hochgebirge, das sie bereits von der Passhöhe aus bewundert hatten.

Ein wenig später erschien Ali mit drei Näpfen, und irgendwie war aus mitgebrachtem Proviant und Vorräten der Familie ein zwar breiförmiges, aber durchaus vertrauenerweckend duftendes Abendessen entstanden. Sie setzten sich an einen Holztisch vor der Behausung und aßen schweigend, während die Sonne hinter den Bergen verschwand.

Nach dem Essen schickte Ali dann Larissa und Igor in die hintere Box des Stalls, und zusammen mit dem Bauern trieb er die Ziegen in die beiden vorderen Boxen. Die Stalltür wurde geschlossen und mit einem Stück Holz verriegelt. Während es langsam finster wurde, machten Larissa und Igor es sich so bequem wie möglich und versanken umgeben von dem Meckern und der Wärme der Ziegen in den ersten tiefen Schlaf seit ihrer Entführung.

Larissa träumte: Sie war unterwegs in der Innenstadt von Moskau. In den Händen trug sie zwei Einkaufstaschen, in die man in einem der Läden vier neue Kissen für ihre Wohnung gepackt hatte. Der Rote Platz lag vor ihr, und Larissa begann, ihn zu überqueren. Aber je weiter sie ging, desto größer erschien ihr der Rote Platz. Die umliegenden Gebäude, die anderen Passanten und sogar der Kreml wichen zurück. Das Pflaster wurde rau und grob und verwandelte sich in Geröll. Larissa verspürte Schwindel und setzte sich hin. Da trabte aus der Ferne ein Eisbär auf sie zu. Sie fürchtete sich aber nicht vor ihm. Der Eisbär näherte sich ihr und schnupperte an ihren Einkaufstaschen. Larissa fragte: Was willst du denn mit vier Kissen? Aber der Eisbär schnupperte weiter. Also griff Larissa in eine der beiden Einkaufstaschen, und zu ihrer Verwunderung holte sie einen Fisch hervor. Und aus der anderen Einkaufstasche kam ein Becher Eiscreme der Sorte Baikal-Blue zum Vorschein. Larissa öffnete den Becher und setzte ihn vor die Schnauze des Eisbären, der den Becher zufrieden leer schleckte und sie dann aufforderte: Komm! Larissa stand auf und folgte dem Eisbären. Der Fisch und der leere Eisbecher blieben in der Geröllwüste liegen. Da kam Larissa und dem Eisbären ein Inder mit wallenden blonden Locken entgegen. Er strahlte und sagte: Ah! Ist das nicht Larissa, die Prinzessin aus Sibirien? Larissa erinnerte sich an den Inder, hatte seinen Namen aber vergessen und fragte: Wo geht es denn hier zum Kreml? Der Inder wies in die Richtung, aus der Larissa gekommen war. Daraufhin drehte sie sich um, und tatsächlich lagen der Kreml und der Rote Platz mit all seinen Passanten wieder vor ihr. Larissa schaute in ihre Einkaufstaschen und sah die Kissen. Die Welt war wieder in Ordnung. Larissa zuckte mit den Achseln und ging weiter. Da lagen plötzlich ein Fisch und ein leerer Eisbecher vor ihr auf dem Roten Platz. Sie blickte auf und hielt ringsumher Ausschau nach einem Eisbären und einem Inder mit blonden Locken. Aber der Rote Platz verschwand langsam im Nebel.

Als Larissa am nächsten Morgen wach wurde, waren keine Ziegen mehr im Stall, und Igor hielt ihr einen Becher mit dampfendem Tee entgegen.

Ali machte keine Anstalten aufzubrechen, und so blieben sie den ganzen Tag bei dem Gehöft. Larissa und Igor sahen, dass die hier lebende Familie aus einem Vater, einer Mutter und fünf Kindern bestand und über etwa fünfzig Ziegen verfügte, und versuchten, mit den zutraulichen Kindern ins Gespräch zu kommen. Da es aber nicht ein einziges gemeinsames Wort zu geben schien, war nur Zeichensprache möglich. Igor ahmte mit den Armen Flügelschlag nach und wies auf Ali, der sich in einiger Entfernung aufhielt. Dann imitierte er einen Cowboy, der einen Revolver zieht und schießt. Die Kinder lachten über seine pantomimische Vorführung. Larissa dagegen zischte: "Lass das!"

Und am Abend wurden die beiden dann wieder zusammen mit den Ziegen im Stall einquartiert.

Auch an den nächsten Tagen ging von Ali kein Signal zum Abmarsch aus. Wenn Larissa und Igor nach seinen weiteren Plänen fragten, schwieg Ali hartnäckig. Und so begann der Lauf der Dinge, sich allmählich in eine Art von Routine zu verwandeln.

In einer Nacht wagten Larissa und Igor schließlich ein

Experiment. Sie standen auf, schlängelten sich an den Ziegen vorbei, lockerten den hölzernen Riegel vor der Stalltür und traten ins Freie. Ängstlich lauschten sie in die Nacht hinein, aber von Ali und der Familie war kein Mucks zu hören. Dann betrachteten sie eine Zeit lang nachdenklich die Sterne und den Mond, der inzwischen beinahe ein Vollmond war, bevor die Kälte sie wieder zurück in den Stall trieb.

Und auch am nächsten Morgen erhielten die beiden keine Reaktion auf ihren kleinen Ausflug unter den Nachthimmel. Scheinbar war ihr kurzer Ausbruch aus dem Stall unbemerkt geblieben.

27. Kapitel
August 2013 in Afghanistan

Bergab

Weitere Zeit verging, und inzwischen war es Ende August. Als Larissa und Igor an einem Morgen aus dem Stall traten, bedeckte eine dünne Schneedecke den Boden. Mit den ersten Strahlen der Sonne taute sie zwar vollständig weg. Aber Larissa war alarmiert und bedrängte Ali: "Du willst uns doch wohl nicht den ganzen Winter hier festhalten?"

Daraufhin kam von Ali nur: "Wir werden sehen."

Larissa beriet sich mit Igor. Die beiden kamen zu dem Schluss, nicht länger abzuwarten, den Vollmond zu nutzen, über die elektronischen Fesseln an ihren Handgelenken hinwegzusehen und in der folgenden Nacht einen Fluchtversuch zu wagen.

Zwei Stunden vor Sonnenaufgang packten sie daher leise

ihre Sachen zusammen. Proviant war allerdings nicht dabei, da Ali diesen in den anderen Raum des Gehöftes mitgenommen hatte. Sie drängten sich an den Ziegen vorbei, lockerten die Absperrung an der Stalltür und wanderten so zügig, wie sie nur konnten, das Tal hinab.

Als sie bereits eine Stunde unterwegs waren, hörten sie hinter sich einen Schuss. Sie drehten sich um und sahen, dass ihnen Ali in einigem Abstand hinterhereilte. Ernüchtert fragte Larissa: "Abbruch?" Und Igor bestätigte: "Abbruch!"

Nach kurzem Zögern gingen sie Ali entgegen. Als sie bei ihm ankamen, stemmte er im Mondlicht die Hände in die Hüften, zog die Augenbrauen hoch und tadelte die beiden Ausreißer: "So geht das nicht! Das könnt ihr doch nicht machen! Seid ihr denn völlig übergeschnappt?"

Larissa bemühte sich, die Lage mit Humor zu nehmen, und säuselte: "Wir wollten doch nur beim nächsten Bäcker ein paar frische Brötchen fürs Frühstück holen."

Ali schüttelte missbilligend den Kopf, übte sich ansonsten aber in Gelassenheit und führte Larissa und Igor zurück zum Gehöft.

Die beiden waren enttäuscht und ratlos und ließen sich abends klaglos wieder zusammen mit den Ziegen einpferchen. Sie waren müde und schliefen bald ein. Jäh wurden sie daher aus ihren Träumen gerissen, als es mitten in der Nacht an der Stalltür ruckelte. Die Tür öffnete sich, und im Mondlicht war Ali zu erkennen. Er hielt einen Sack in die Höhe, setzte diesen neben den Ziegen ab, verschwand wieder und schloss hinter sich die Tür.

Neugierig angelten Larissa und Igor den Sack zwischen den Ziegen hervor und untersuchten dessen Inhalt. Zu ihrer großen Verwunderung kamen Proviant, einige Teile warme

Kleidung, Taschenlampen, Streichhölzer, Kerzen und Geld zum Vorschein. Ganz unten in dem Sack fanden sie sogar Alis Revolver, der in ein Stück Papier gewickelt war. Larissa richtete den Schein einer Taschenlampe auf das Blatt und las: "Euer Schicksal liegt nun wieder in euren Händen. Brecht jetzt sofort auf! Verabschiedet euch nicht von den Wirtsleuten! Und behaltet Afghanistan in guter Erinnerung!"

Larissa überlegte kurz, ob sie mit der geladenen Pistole in der Hand hinter Ali herjagen sollte. Aber nicht nur die mangelnde Aussicht auf Erfolg, sondern auch ihr fehlendes Bedürfnis, auf Ali zu schießen, hielten sie zurück.

Eine Viertelstunde später wanderten Larissa und Igor dann wie bereits in der Nacht zuvor im Mondschein zügig talwärts. Und diesmal hielt sie niemand auf. Nach Sonnenaufgang machten sie nicht einmal für ein Frühstück Rast. Erst gegen Mittag versteckten sie sich zwischen einigen Felsen und aßen dort ein wenig. Dann ging es weiter. Abends fanden sie unter einem Felsvorsprung ein wenig Schutz vor der Kälte. Sie wagten aber nicht, Feuer zu machen, und schoben in der eisigen Nacht abwechselnd Wache.

Bereits vor Sonnenaufgang zogen sie wieder los. Den ganzen Tag ging es weiter bergab. Dabei registrierten sie mit Freude, dass die Anzahl und die Vielfalt der Pflanzen am Wegesrand langsam, aber sicher zunahmen.

Als sie schon begonnen hatten, sich auf eine weitere bitterkalte Nacht im Freien einzustellen, sahen sie plötzlich eine kleine Ansiedlung vor sich. Diese war zwar größer als das Gehöft, von dem sie kamen, aber zu klein, als dass man sie als Dorf hätte bezeichnen können.

Igor tastete nach der Pistole an seinem Gürtel und entsicherte sie. Dann gingen die beiden auf die wenigen kümmerlichen Häuser zu. Von dort erklangen daraufhin Stimmen, und nach und nach kamen etwa zwei Dutzend Menschen aus den Behausungen. Sie umringten die beiden und waren offensichtlich ziemlich neugierig. Larissa und Igor winkten ein wenig mit den Händen, wiesen entlang des Weges einmal nach hinten und einmal nach vorne und lächelten. Igor verteilte ein paar Müsliriegel. Aber eine wirkliche Verständigung war nicht möglich.

Schließlich führte eine ältere Frau die beiden in ihr Haus. Larissa und Igor überreichten ihr etwas Proviant aus den Rücksäcken, woraufhin die Frau mit weiteren Zutaten aus ihren eigenen Beständen ein nahrhaftes Abendessen bereitete. Da sie offenbar keine Einwände dagegen hatte, verbrachten Larissa und Igor dann auch die Nacht in dem Haus, wobei sie vorsorglich wieder abwechselnd Wache hielten.

Am nächsten Morgen wurden die beiden nochmals neugierig von den Einheimischen beäugt. Winkend ließen sie die wenigen Häuser und ihre Bewohner hinter sich und wanderten das Tal weiter hinab.

Am Nachmittag erblickten Larissa und Igor dann zunächst einige Felder, und wenig später erreichten sie ein Dorf, das deutlich weniger ärmlich aussah als die Siedlung, in der sie die vorangegangene Nacht verbracht hatten. Wieder wurden sie freundlich empfangen. Der Dorfälteste erschien, und mit einem der jüngeren Dorfbewohner gelang sogar der Austausch einiger einfacher Sätze.

Da erblickte Igor bei einem der Umstehenden ein Handy. Und mit Hilfe dieses Handys, einiger Geldscheine und mehrerer Anläufe gelang es Larissa und Igor schließlich, ein Telefonat mit der russischen Botschaft in Kabul zu führen.

28. Kapitel
September 2013 in Delhi

Guadalajara

Einige Wochen waren bereits seit dem Verschwinden des Frachtflugzeuges vergangen. In Delhi war jegliche Hoffnung gewichen, dass es noch einen guten Ausgang des Dramas geben könnte. Da stürmte Nirmala eines Morgens außer sich vor Freude zu Pandhu ins Büro und rief: "Ein Wunder ist geschehen! Larissa und Igor sind aufgetaucht!"

Pandhu war zunächst so überrascht, dass er gar nicht glauben mochte, was Nirmala verkündete. Als er aber begriff, dass sie es ernst meinte, fiel ihm ein großer Stein vom Herzen. Er überschüttete Nirmala mit Fragen, und sie berichtete: "Bisher weiß ich nur, was aus Russland über die Polizei in Delhi bis zu mir vorgedrungen ist. Demnach haben sich Larissa und Igor aus einem Dorf in Afghanistan bei der russischen Botschaft in Kabul gemeldet, und die Botschaft hat einen Hubschrauber losgeschickt, um sie aus dem Dorf abzuholen und nach Kabul zu bringen. Angeblich sind die beiden gesund und munter."

Nachdem Pandhu seiner Freude über die gute Nachricht freien Lauf gelassen hatte, telefonierte er zunächst mit Inspektor Rajit, der aber auch noch nicht mehr erfahren hatte als Nirmala, und informierte dann ganz euphorisch auch Franz, John und Dönpo.

Da erhielt er auf einmal einen Anruf, der mit den Worten begann: "Hallo Pandhu, hier ist Larissa."

Pandhu war überglücklich: "Oh, Larissa! Wie schön, deine Stimme zu hören. Ich bin ja so erleichtert. Wo seid ihr? Wie geht es euch?"

Larissa antwortete: "Ich sitze ganz bequem in einem Sessel in der russischen Botschaft in Kabul. Igor und mir geht es bestens. Wir haben keine Kratzer abbekommen."

Dann lieferte sie einen kurzen Bericht über die vergangenen Wochen in Afghanistan, und Pandhu räumte ein: "Ich hatte schon befürchtet, dass ihr für alle Ewigkeit verschollen seid. Nur Dönpo hat während der ganzen Zeit nie den Glauben daran verloren, dass ihr wohlbehalten wiederauftaucht."

Larissa erwiderte: "Ich denke, unsere Kidnapper hatten nie die Absicht, uns ein Haar zu krümmen. Während unserer ganzen Odyssee durch die afghanische Bergwelt habe ich im Grunde stets angenommen, wir seien entführt worden, um Lösegeld zu erpressen und uns nach entsprechender Zahlung wieder freizulassen. Aber da habe ich mich wohl getäuscht, denn nach allem, was ich bisher gehört habe, sind wir ganz ohne Lösegeld wieder freigekommen. Ich vermute daher nun, dass wir wegen des Flugzeuges oder wegen des Eisbären entführt worden sein müssen. Mit der mehrwöchigen Verschleppung von Igor und mir sollte möglicherweise nur Zeit gewonnen werden, um das Schicksal des Flugzeuges oder des Eisbären zu verschleiern."

Daraufhin erzählte Pandhu: "Es gibt zwar Spekulationen, dass der Gegenkandidat, dem ich mich bei der bevorstehenden Bürgermeisterwahl in Delhi stellen muss, seine Finger beim Verschwinden von Blue im Spiel gehabt haben könnte. Konkrete Indizien dafür gibt es aber nicht. Vielleicht führt ja nun die Erkenntnis, dass das Flugzeug überhaupt nicht abgestürzt ist, zu ein paar brauchbaren Hinweisen, was mit Blue und der Maschine geschehen ist und worin die Hintergründe der Tat bestehen könnten."

Die beiden unterhielten sich noch eine Weile, und Larissa kündigte an, dass sie nun zunächst zusammen mit Igor von Kabul aus zurück nach Moskau fliegen werde.

Durch die neuen Entwicklungen wurde sowohl bei Inspektor Rajit in Delhi als auch bei John in Arizona der Ehrgeiz angestachelt, den Fall doch noch aufzuklären.

Inspektor Rajit konstatierte: "Das Problem hinter dem Problem ist also eine Entführung. Jetzt müssen wir nur noch herausfinden, was hinter dem Problem hinter dem Problem steckt."

Und John erklärte: "Da sich das Flugzeug nicht in eine Trümmerspur verwandelt hat, könnte es durchaus Datenspuren geben. Ich werde jedenfalls weiter danach suchen."

Ganesha-Airways bestritt vehement jede Kenntnis von Entführungsplänen und einem dritten Mitglied der Besatzung. Auch wurde klar, dass das Frachtflugzeug von der Stelle, an der es vom Radar verschwunden war, bis zu der Hochebene, in der Larissa und Igor in Afghanistan ausgesetzt worden waren, noch eine erhebliche Strecke zurückgelegt hatte. Anscheinend war das Flugzeug eine Zeit lang dem Bodenrelief gefolgt und unter dem Radar hindurchgeflogen.

Einige Tage vergingen, an denen die Presse ausgiebig von Larissas und Igors unfreiwilligem Aufenthalt in Afghanistan berichtete und über die Gründe der Entführung rätselte. Dann erhielt Pandhu einen Anruf von John: "Inspektor Rajit ist zwar der Leiter der Ermittlungen, aber du sollst der Erste sein, mit dem ich meine neuesten Erkenntnisse teile.

Ich habe das Flugzeug gefunden!

Bei meiner Suche nach Datenspuren habe ich mich vorgestern beim mexikanischen Luftverkehrsamt eingehäckt. Dort ist mir etwas aufgefallen: Zwei Tage nach dem Verschwinden von Larissa und Blue wurde in Mexiko ein Flugzeug angemeldet, das vom Typ her dem vermissten Frachtflugzeug entsprach. Eine Inspektion der Maschine in Mexiko war dafür nicht erforderlich. Anhand des zugeteilten mexikanischen Luftfahrzeugkennzeichens konnte ich rekonstruieren, dass das Flugzeug drei Tage nach seiner Anmeldung in Mexiko aus dem afghanischen Luftraum kommend bis nach Guadalajara in Mexiko geflogen ist. Der Startplatz und die Flugroute in Afghanistan sind zwar nicht dokumentiert, aber ab der afghanischen Grenze ist die Flugroute klar nachvollziehbar. Daraufhin habe ich mich in einen amerikanischen Spionagesatelliten eingehäckt und konnte sehen, dass dieses Flugzeug immer noch auf dem Flughafen von Guadalajara steht.

Also habe ich einen Bekannten bei der mexikanischen Polizei angerufen. Zunächst hat er herausgefunden, dass in den Anmeldeunterlagen für das Flugzeug eine Person als Eigentümer genannt ist, die anscheinend nur für diesen Zweck erfunden wurde. Dann hat er die Maschine vor Ort untersuchen lassen. Und es hat sich bestätigt, dass es sich um das vermisste Frachtflugzeug handelt. Sogar der Eisbärkäfig befindet sich noch darin.

Darüber hinaus haben die mexikanischen Ermittler im Frachtraum Drogenspuren gefunden. Wahrscheinlich ist die Maschine also für einen Drogentransport von Afghanistan nach Mexiko eingesetzt worden."

John machte ein Pause, und Pandhu, der bislang sprachlos zugehört hatte, sagte: "Das sind ja wirklich unglaubliche

Neuigkeiten. Das ist ja der pure Wahnsinn. Das Flugzeug wurde nur entführt, um eine Drogenlieferung nach Mexiko abzuwickeln? Es ging also bei der Entführung weder um Larissa noch um Blue?"

John erwiderte: "Zumindest sieht es im Moment ganz danach aus."

Pandhu fragte: "Aber Blue hast du nicht gefunden?"

John zögerte, bevor er vorsichtig von sich gab: "Doch, ich glaube schon."

Daraufhin durchzuckte Pandhu eine Vermutung: "Blue sitzt im Zoo von Guadalajara?"

John erwiderte jedoch: "Nein, das nicht. Aber die Flugroute der Maschine von Afghanistan nach Mexiko beinhaltete eine Zwischenlandung zum Auftanken auf einem kleinen, sehr abgelegenen Flugfeld in Grönland. Ich habe dort angerufen, und mein Gesprächspartner konnte sich sofort an das Flugzeug erinnern. Er sagte, es habe mitten in der Nacht einen längeren Zwischenstopp eingelegt und er habe die Betankung organisiert. Die Maschine sei verdächtig gewesen, auf Nachforschungen habe er aber verzichtet. Da habe ich zurückgefragt, warum sie denn verdächtig gewesen sei. Er antwortete, zum einen sei jedes Flugzeug, das dieses abgelegene Rollfeld nutze, per se verdächtig. Zum anderen habe die Crew sehr exotisch ausgesehen. Und darüber hinaus sei nach dem Abflug der Maschine mitten in der Nacht ein Eisbär über das Rollfeld geirrt.

Also, Pandhu: Ich vermute, dass dieser Eisbär, der nachts über das Rollfeld in Grönland geirrt ist, Blue war. Im Grunde habe ich keinen Zweifel daran, dass er es war. Die Gangster haben wahrscheinlich gedacht, dass sie Blue dauerhaft spurlos verschwinden lassen können, wenn sie ihn einfach in Grönland aussetzen."

John hielt kurz inne, und Pandhu sagte: "Was für eine Geschichte! Das Frachtflugzeug steht in Mexiko, und Blue spaziert durch Grönland. Ich fasse es nicht. Und du bist wirklich sicher, dass es sich bei dem Flugzeug in Guadalajara um die vermisste Maschine handelt?"

John erwiderte: "Absolut sicher! Der Schriftzug von Ganesha-Airways und das ursprüngliche Luftfahrzeugkennzeichen wurden zwar übermalt, aber es besteht überhaupt kein Zweifel."

Anerkennend stellte Pandhu fest: "John, du bist ein Genie! Die CIA muss bescheuert sein, wenn sie dich nicht mehr als Cyber-Agenten haben will."

Ein wenig ausweichend erwiderte John: "Nun ja. Wie du weißt, bin ich damals auf eine Cyber-Mine getreten, und nun bin ich für die CIA cyber-tot."

Pandhu ließ seine Gedanken weiterwandern: "Deine Erkenntnisse werden großes Erstaunen auslösen, nicht zuletzt bei Inspektor Rajit."

John erwiderte: "Sobald wir mit unserem Gespräch fertig sind, werde ich ihn informieren."

Daraufhin wollte Pandhu wissen: "Hast du denn auch die Drahtzieher der Tat identifizieren können?"

John verneinte: "Dazu habe ich noch keine Erkenntnisse. Der in den mexikanischen Unterlagen genannte Eigentümer ist nur eine Erfindung auf Papier. Und der genaue Startpunkt des Fluges in Afghanistan ist unklar. Mein Bekannter bei der mexikanischen Polizei meinte jedoch, dass die Drogenspuren chemisch-biologisch untersucht werden und sich aus den Ergebnissen Rückschlüsse auf das Anbaugebiet des verwendeten Schlafmohns ableiten lassen. Die Resultate der Untersuchung sollen morgen vorliegen."

Pandhu fragte: "Und was passiert nun mit dem Flugzeug?

Kann Ganesha-Airways damit rechnen, die Maschine zurückzubekommen?"

John antwortete: "Davon gehe ich aus. Zum einen wurde das Flugzeug nachweislich entführt. Und zum anderen gibt es keinen neuen real existierenden Eigentümer in Mexiko."

Dann sprach Pandhu Blues Schicksal an und äußerte seine Sorge um dessen Wohlergehen, woraufhin John meinte: "Nun ja, was das betrifft, gibt es jetzt wohl mehrere Möglichkeiten. Eine besteht darin, sich mit der Hoffnung zu begnügen, dass Blue fortan ein glückliches Leben in Grönland führen wird. Eine andere Möglichkeit wäre, Blue dort zu suchen. Blue hinterlässt in Grönland zwar keine Datenspuren, aber es gibt bestimmt noch Blutproben von ihm im Zoo von Moskau, die es grundsätzlich erlauben würden, ihn unter all den Eisbären im Umkreis des besagten Rollfeldes eindeutig zu identifizieren."

Daraufhin meinte Pandhu: "Hm. Vielleicht gehört es ja zur Harmonie des Chaos, dass uns Blues Zukunft verborgen bleibt. Andererseits werden wir uns bestimmt für den Rest unseres Lebens fragen, ob Blue wirklich in Grönland eine neue Heimat gefunden hat, solange wir ihn dort nicht aufgespürt haben. Außerdem ist mir nicht so ganz klar, ob Blue überhaupt in der Wildnis zurechtkommen würde, denn er ist ja ein Leben im Zoo gewöhnt."

Als das Gespräch schließlich dem Ende entgegenging, bedankte sich Pandhu von ganzem Herzen für Johns erfolgreiche Aufklärungsarbeit.

29. Kapitel
September 2013 in Delhi

Dönpos Plan

Pandhu lehnte sich in seinem Sessel zurück, verharrte einige Minuten mit dem Blick zur Decke und schüttelte ab und zu den Kopf. Dann stand er auf, ging ins Nebenzimmer zu Nirmala und berichtete ihr von den neuesten Erkenntnissen. Nirmala war genauso perplex wie er und stellte fest: "Bei Ganesha-Airways bekommt man also einen Drogentransport von Afghanistan nach Mexiko, wenn man einen Eisbärflug von Russland nach Indien bestellt. Das ist schon ziemlich befremdlich."

Die beiden unterhielten sich und malten sich Blues neues Leben in Grönland aus, bis Nirmala fragte: "Und nun?"

Pandhu erwiderte prompt: "Um diese Frage angemessen zu beantworten, sollte ich mich, glaube ich, zunächst einmal mit Dönpo beraten."

Als Pandhu ihn am Apparat hatte, unterbreitete er ihm zunächst die Neuigkeiten, und Dönpo gab zurück: "Wieder einmal zeigt sich, wie sehr die Energien des Universums es lieben zu spielen. Sie werden nicht ruhen, bevor sie nicht alle Möglichkeiten ausprobiert haben, genau wie meine vier Kinder, die zum Glück normalerweise nicht ganz so viel Chaos erzeugen wie das komplette Universum. An manchen Tagen scheinen sie aber sogar das Universum zu übertreffen. Dann versuche ich, meine Frau zu trösten, indem ich sie frage: Siehst du denn nicht die Harmonie im Chaos? Maximiliane schaut mich dann aber nur mit großen Augen an und sagt: Spar dir das auf für dein nächstes Seminar! Um des lieben Familienfriedens willen tue ich das dann auch. Aber das wolltest du gar nicht wissen."

Daraufhin meinte Pandhu: "Ich höre dir immer wieder gerne zu. Aber was machen wir denn jetzt mit Blue?"

Dönpo erwiderte: "Also: Da muss ich gar nicht erst ein Räucherstäbchen zu Rate ziehen. Wenn Blue in Grönland ist und nicht zumindest gefragt wird, ob er dort bleiben will oder doch lieber nach Delhi kommen mag, dann stört das den Fluss der Energien für deine Wiederwahl. Wir müssen also unbedingt versuchen, Blue in Grönland zu finden. Ein solcher Versuch wird deine Wahlchancen selbst dann verbessern, wenn er erfolglos bleibt, denn gute Absicht ist schon mal die halbe Miete auf dem Weg zur Harmonie im Chaos."

Dann erkundigte er sich bei Pandhu nach dem Termin für die Bürgermeisterwahl in Delhi. Da es inzwischen bereits Mitte September war, erwiderte Pandhu: "Nur noch sieben Wochen. Dann ist es so weit."

Schließlich erklärte Dönpo: "Lass mich ein wenig darüber meditieren, wie wir Blue am besten in Grönland ausfindig machen können! Ich melde mich dann wieder bei dir."

Zwei Tage später erschien Inspektor Rajit bei Pandhu im Rathaus von Delhi und berichtete: "Ich habe inzwischen mehrfach mit Ihrem Freund John gesprochen. Die Ergebnisse der Untersuchung der Drogenspuren in der Maschine von Ganesha-Airways liegen nun vor. Der verwendete Schlafmohn kommt aus der Region Hasherunahar in Afghanistan. Diese Region wird weitgehend von einem der mächtigsten Stammesfürsten Afghanistans kontrolliert, und es ist kaum vorstellbar, dass eine ganze Flugzeugladung Drogen ohne

Wissen dieses Stammesfürsten aus Hasherunahar nach Guadalajara gebracht worden ist. Dieser Stammesfürst gehört also ziemlich sicher zum Problem hinter unserem Problem. Allerdings befindet er sich außerhalb unseres Zugriffs, und er sitzt auch nicht direkt vor meinen Augen. Da sich das Problem hinter dem Problem aber meist direkt vor meinen Augen befindet, ist dieser Stammesfürst also wahrscheinlich noch nicht das ganze Problem hinter dem Problem."

Inspektor Rajit machte eine Pause. Pandhu sah dessen Blick auf sich ruhen, rutschte auf seinem Sessel hin und her und fragte sich, ob er erneut seine Unschuld beteuern solle. Aber Inspektor Rajit fuhr fort: "Also: Was haben wir denn nun schon seit Wochen vor Augen? Wir haben unzählige Hinweise erhalten, dass Sanjay und die Shiva-Tigers am Lauf der Dinge gedreht haben könnten. Also werden wir nun einmal eins und eins zusammenzählen und schauen, ob auch wirklich drei dabei herauskommt. Was haben Sanjay und der afghanische Stammesfürst miteinander zu tun? Sind sie sich vielleicht schon einmal begegnet? Ich werde John ermuntern, diese Frage einmal näher zu beleuchten. Ich denke, ich kann ihm diese Untersuchung überlassen, da er wohl nicht zum Problem hinter unserem Problem gehört. Er sitzt ja auch nicht direkt vor meinen Augen."

Pandhu rutschte wieder irritiert auf seinem Sessel hin und her, und Inspektor Rajit fügte hinzu: "Mit meinem professionellen Scharfsinn werde ich für brutalstmögliche Aufklärung sorgen."

Dann verschwand er. Pandhu rieb sich die Augen und fuhr zur Einweihung einer neuen Kläranlage.

Am Abend meldete sich dann Dönpo bei ihm und verkündete gut gelaunt: "Ich glaube, ich weiß jetzt, wie wir die

Suche nach Blue einfädeln. Denn inzwischen habe ich mit dem grönländischen Amt für Naturschutz gesprochen. Einer der dortigen Mitarbeiter war so freundlich, mich darüber ins Bild zu setzen, dass in der Umgebung des besagten Flugfeldes etwa einhundert Eisbären leben. Also habe ich ihn gefragt, wie wir denn unter all diesen Tieren wohlmöglich Blue identifizieren könnten. Daraufhin hat die Behörde die Genehmigung erteilt, dass wir maximal fünf der örtlichen Eisbären betäuben dürfen, um ihnen eine Blutprobe abzunehmen."

Pandhu warf ein: "Und wie wird festgelegt, welche Eisbären untersucht werden?"

Dönpo sprach weiter: "Die grönländische Naturschutzbehörde hat zwar angeboten, selber eine Auswahl vorzunehmen. Da ich mich mit den Energien Grönlands aber nicht so gut auskenne, ist mir das zu unsicher. Also habe ich zunächst mit dem Zoo von Moskau telefoniert und geklärt, dass Blues Pfleger Igor mit einer Blutprobe von Blue und einem Gerät zur Blutanalyse nach Grönland reisen kann.

Dann habe ich mit Ganesha-Airways gesprochen. Die Fluggesellschaft möchte ihr Flugzeug natürlich aus Mexiko zurückholen. Daher habe ich mit Ganesha-Airways eine Vereinbarung getroffen: Die Maschine soll von Guadalajara aus zunächst nach Wien fliegen. Dort gehen Igor und ich an Bord, und das Flugzeug wird sich dann mit uns auf den Weg nach Grönland machen. Unabhängig davon, ob wir Blue finden oder nicht, wird die Maschine dann von Grönland über Wien nach Delhi zurückkehren.

Und mit dem Bürgermeister der grönländischen Siedlung habe ich abgesprochen, dass wir dort den örtlichen Helikopter nutzen dürfen und so bestimmen können, welche Eisbären untersucht werden. Für den Fall, dass wir Blue finden, dürfen wir ihn auch gleich mitnehmen. Immerhin ist ja auch sein Käfig nach wie vor an Bord des Flugzeuges.

Das ist der Plan. Und wenn du magst, kannst du selbstverständlich gerne mitkommen. Ich würde mich jedenfalls sehr freuen, wenn du in Grönland mit dabei wärest."

Pandhu staunte über Dönpos Vorhaben, hatte aber Bedenken, was eine eigene Mitwirkung anging: "Ich kann doch nicht einen Monat vor der Wahl auf unbestimmte Zeit nach Grönland verschwinden."

Dönpo mochte Pandhus Einwand aber nicht gelten lassen und entgegnete: "Mehr als drei oder vier Tage wird das Abenteuer schon nicht dauern. Ich stelle mir vor, dass die ganze Sache so ähnlich laufen wird wie ein Besuch in einem Kasino von Las Vegas. Wir machen fünfmal einen Einsatz und werden recht schnell wissen, ob wir gewonnen haben oder unser Budget verspielt haben."

Als das Gespräch vorbei war, erzählte Pandhu Nirmala von Dönpos Plan. Sie erklärte: "Du solltest mitfahren. Wenn du mitreist und ihr Blue nicht findet, wird es nicht sonderlich schaden. Wenn du aber mitreist, ihr Blue findet und du Blue im Triumphzug nach Delhi bringst, dann wird das deiner Popularität sicherlich ganz beachtlich nachhelfen."

Pandhu kam wieder einmal zu dem Schluss, dass man sich Nirmalas Rat nicht widersetzen sollte, und dachte: "Anscheinend wollen die Götter, dass ich in diesem Jahr neue Facetten der Welt erkunde. Erst Österreich und Moskau, und nun sogar auch noch Grönland."

Also bestätigte er Dönpo seine Teilnahme.

An einem der nächsten Tage erschien erneut Inspektor Rajit bei Pandhu im Büro und verkündete: "Bingo! Langsam zeigt sich das wahre Problem hinter unserem Problem. John hat nämlich herausgefunden, dass der afghanische Stammesfürst, aus dessen Gebiet die mit dem Flugzeug transportierten Drogen stammen, eine Ferienvilla in Florida besitzt. Und raten Sie einmal, Herr Bürgermeister, wer bereits zweimal zusammen mit dem afghanischen Stammesfürsten in dessen Ferienvilla in Florida Urlaub gemacht hat?"

Pandhu ahnte die Antwort und fragte, ob es sich etwa um Sanjay handele. Inspektor Rajit nickte: "Bingo, Herr Bürgermeister! Sanjay und der afghanische Stammesfürst kennen sich offenbar ziemlich gut. Also haben die beiden wahrscheinlich auch gemeinsam die Flugzeugentführung ausgeheckt. Sanjay wollte den Eisbären verschwinden lassen, der Stammesfürst wollte Drogen verschicken, und beides ließ sich hervorragend kombinieren."

Pandhu konstatierte: "Dass Sanjay meiner Meinung nach nicht Bürgermeister von Delhi werden sollte, versteht sich von selbst. Aber Sanjay ist für die Aufgabe scheinbar noch ungeeigneter, als ich bislang dachte."

Inspektor Rajit fügte hinzu: "Sanjay ist einfach nicht würdig für das Amt des Bürgermeisters von Delhi."

Pandhu fragte: "Und was geschieht nun?"

Daraufhin erläuterte Inspektor Rajit: "Die Presse wird über die fragwürdigen Verbindungen von Sanjay informiert und gewiss auch darüber berichten. Ob es allerdings gelingt, Sanjay und dem afghanischen Stammesfürsten ihre kriminellen Machenschaften auch tatsächlich nachzuweisen, steht auf einem ganz anderen Blatt. Die beiden waren sicherlich vorsichtig genug, ihre Geschäfte ohne schriftliche Verträge abzuschließen. Und die Besatzung, die das Flugzeug entführt hat, wird wohl alles daransetzen, dass wir sie nicht finden."

Pandhu fasste zusammen: "Sanjay ist also das Problem hinter unserem Problem."

Dann ließ er seine Gedanken schweifen und meinte: "Nun ja, dass ist zwar nicht schön, aber auch nicht sonderlich überraschend. Umso erfreulicher wäre es natürlich, wenn es uns gelänge, Blue wiederzufinden."

Er erzählte Inspektor Rajit von der geplanten Mission nach Grönland. Selten zuvor hatte er Worte aus seinem Munde allerdings so schnell bereut wie diesmal, denn prompt erklärte Inspektor Rajit: "Das ist aber interessant. Da werde ich selbstverständlich mitfahren!"

Pandhu fiel aus allen Wolken und starrte auf sein Gegenüber. Er ließ sein Gehirn auf Hochtouren nach einem Ausweg suchen, wedelte mit den Händen und quälte hervor: "Das wird gewiss nicht nötig sein."

Aber Inspektor Rajit erwiderte ungerührt: "Was für die restlose Aufklärung einer Straftat getan werden muss, liegt allein im Ermessen des zuständigen Ermittlers. Ich kann doch nicht ruhen, solange ich nicht auch das letzte Stück in das Puzzle dieses Falls eingefügt habe."

Pandhu fragte verzweifelt: "Aber was wollen Sie denn in Grönland anstellen? Worin soll denn dort Ihr Beitrag zur weiteren Aufklärung des Falls bestehen?"

Daraufhin erklärte Inspektor Rajit, ohne mit der Wimper zu zucken: "Na, das ist doch wohl klar: Ich werde den Eisbären finden."

Pandhu entgegnete: "Anders als ich kennen Sie Blue aber doch gar nicht. Immerhin habe ich Blue im Zoo von Moskau schon live erlebt."

Inspektor Rajit hielt dem entgegen: "Auch ich konnte den gesuchten Eisbären bereits in aller Ruhe aus aller Nähe betrachten. Die Bilder, die Channel-Six vom Eisbär-Casting in Moskau nach Indien übertragen hat, waren klar und deutlich. Abgesehen davon sagt mir meine langjährige Erfahrung als Inspektor, dass man mich in Grönland brauchen wird und der gesuchte Eisbär dort nur unter Einsatz all meines professionellen Scharfsinns gefunden werden kann."

Pandhu ahnte, dass er Inspektor Rajits Begleitung nicht mehr entrinnen würde, und dachte resigniert: "Na, das kann ja heiter werden."

Inspektor Rajit verabschiedete sich, und Pandhu informierte Nirmala, Larissa, Franz und Dönpo über die mutmaßliche Mitwirkung Sanjays an der Entführung des Flugzeuges und die unausweichliche Teilnahme von Inspektor Rajit an der bevorstehenden Grönland-Expedition.

Nirmala sah sich in ihrem Entsetzen über Sanjay bestätigt. Larissa war zufrieden, dass die Ermittlungen zu den Hintermännern des Kidnappings endlich Erfolge zeigten. Und Franz erinnerte sich hauptsächlich an seine Begegnung mit Inspektor Rajit am Flughafen von Delhi und stellte mit ironischem Unterton fest: "Ich glaube, ich kann mir lebhaft vorstellen, wie sehr du dich auf ein mehrtägiges Miteinander mit einem derart einzigartigen Exemplar unserer menschlichen Spezies freust."

Dönpo hingegen nahm Inspektor Rajits Reisepläne ungerührt zur Kenntnis und meinte beschwichtigend: "Auch er wird die Harmonie des Chaos nicht erschüttern."

Keineswegs beruhigt entgegnete Pandhu: "Das sagst du nur so locker, weil du ihn noch gar nicht kennst."

30. Kapitel
September 2013 in Grönland

Ein Spinner

Ganesha-Airways schickte zwei Piloten nach Guadalajara, nachdem deren Zuverlässigkeit zuvor gründlich überprüft worden war, und das Frachtflugzeug überquerte von Mexiko aus mit Blues Käfig im Laderaum den Nord-Atlantik in Richtung Wien. Derweil reisten Inspektor Rajit und Pandhu von Delhi aus an. Igor war mit einer Blutprobe von Blue und einem Gerät zur Blutanalyse von Moskau aus unterwegs. Und Dönpo verabschiedete sich bei seiner Frau und seinen Kindern und machte sich in seinem roten Porsche auf den Weg zum Wiener Flughafen, wo es dann zu dem geplanten allgemeinen Aufeinandertreffen kam.

Als sich alle im Frachtbereich des Flughafens zusammengefunden und gegenseitig begrüßt hatten, stiegen sie in das Flugzeug. Igor nahm sich im Frachtraum als Erster einen Sessel und erklärte: "Das war schon bei meinem vorigen Flug mit Ganesha-Airways mein Platz."

Während die anderen neugierig den am Boden festgezurrten Eisbärkäfig betrachteten, machte die Crew das Flugzeug startklar. Schließlich rollte die Maschine zur Startbahn, und der Flug nach Grönland begann. Igor verteilte Müsliriegel und Beruhigungspillen für Eisbären, und alle dösten vor sich hin.

Nach einigen Stunden kündigte der Pilot dann den Landeanflug auf das Flugfeld in Grönland an. Da der Frachtraum keine Fenster hatte, war nur aus dem Cockpit ein Blick auf die spektakuläre Landschaft möglich. Unter dem Flugzeug erstreckte sich ein endloser weißer Eispanzer, in den dunkle, von Eisbergen gesprenkelte Fjorde einschnitten.

Sanft landete die Maschine, und die Passagiere und die Crew stiegen im Licht der Abendsonne aus. Auf dem Rollfeld wurden sie von einem aus drei Inuit gebildeten Begrüßungskomitee in Empfang genommen. Der Sprecher der Inuit verkündete: "Mein Name ist Nanuk. Ich bin der Bürgermeister hier und heiße euch herzlich willkommen. Ich hoffe, es wird euch in Grönland gefallen und ihr seid nicht allzu erschöpft von eurer langen Reise. Wir haben nämlich zu euren Ehren ein Fest im Gemeindehaus organisiert."

Pandhu erwiderte, er sei ebenfalls Bürgermeister, und bedankte sich bei seinem Kollegen für den freundlichen Empfang. Daraufhin wurden die Ankömmlinge zu einem Schneemobil geführt. Als sie darin Platz genommen hatten und das Fahrzeug losfuhr, erklärte Nanuk: "Beginnen wir mit einer kleinen Rundfahrt durch unsere Siedlung. Ihr sollt doch wissen, wo ihr seid. Dort vorne seht ihr unser Gemeindehaus. Zusammen mit diesem, der Halle am Flughafen und der Wetterstation gibt es dreiunddreißig Gebäude. Allerdings sind einige der Häuser nicht mehr bewohnt, denn wir sind nur noch zweiundzwanzig Einwohner hier."

Dann wandte er sich an Pandhu und fragte: "Wie viele Einwohner hat denn deine Stadt?"

Pandhu antwortete: "Wenn du hinter der Zweiundzwanzig noch sechs Nullen anfügst, kommt es ungefähr hin."

Nanuk verstand dies erst nach einigen Erläuterungen und meinte daraufhin zu Pandhu: "Vielleicht könntest du ja ein paar Einwohner an mich abgeben. Wir haben sogar eine unbesetzte Stelle für einen Ranger im Angebot."

Nach kurzer Fahrt hielt das Schneemobil vor dem Gemeindehaus. Sie gingen hinein und wurden drinnen vom Rest des Dorfes herzlich in Empfang genommen. Der Raum war mit bunten Girlanden geschmückt, und aus einer Stereoanlage drang fröhliche Musik. Alle setzten sich gemeinsam an eine lange Tafel, und es gab reichlich zu essen. Pandhu erfuhr, dass es Nanuk gewesen war, der bei der nächtlichen Betankung des entführten Flugzeuges geholfen hatte und mit dem John telefoniert hatte.

Nach dem Mahl stimmten die Inuit traditionelle Gesänge an und entwickelten einen beachtlichen Alkoholkonsum, an dem sich auch Igor rege beteiligte. Das gemeinschaftliche Singen ging über in einen Karaoke-Wettbewerb, und schließlich blieb es auch keinem der Gäste aus dem Ausland erspart, ein Lied zu präsentieren. Von Pandhu war zu hören: "Don't cry for me, Argentina." Und Dönpo sang: "We all live in a yellow submarine." Es wurde viel gelacht.

Erst weit nach Mitternacht ging die Party zu Ende, und die Einheimischen begaben sich auf den kurzen Heimweg zu ihren Häusern. Nanuk ging als Letzter und sagte: "Ihr könnt hier im Gemeindehaus schlafen." Dann wies er auf einen Stapel in einer Ecke und fügte hinzu: "Pritschen und Schlafsäcke haben wir genug." Und beim Hinausgehen warnte er noch: "Nicht in der Nacht draußen herumlaufen! Sonst könnte sich eure Eisbärsuche zwar als erfolgreich, aber auch als ziemlich ungemütlich erweisen."

Die Morgensonne fiel schon eine Weile durch die Fenster des Gemeindehauses, als Nanuk tags darauf bei seinen Gästen erschien und verkündete: "Guten Morgen allerseits! Ich hoffe, ihr habt gut geschlafen und Appetit auf ein Frühstück. Dafür werdet ihr jeweils zu zweit auf die Familien hier verteilt."

Igor musste noch geweckt werden und hatte offenbar einen beträchtlichen Kater vom vorangegangenen Abend.

Nanuk brachte die beiden Piloten zu einem der Häuser, setzte auch Inspektor Rajit und Igor ab, und Dönpo und Pandhu nahm er mit zu sich und seiner Familie. Die Unterhaltung während des Frühstücks verlief in lockerer Atmosphäre und drehte sich um die Größe von Städten, die Harmonie in der Wildnis und die bevorstehende Eisbärsuche. Nanuk kündigte an: "Gleich werde ich euch mit unserem Helikopter zu meinen Artgenossen fliegen."

Dönpo und Pandhu schauten ein wenig verdutzt, und Nanuk erläuterte mit einem Lächeln: "Mein Name ist das grönländische Wort für Eisbär."

Als nach dem Frühstück alle wieder im Gemeindehaus versammelt waren, erkundigte sich Pandhu bei Inspektor Rajit: "War es bei Ihren Gastgebern auch so nett?"

Inspektor Rajit schüttelte sich aber nur und berichtete voller Abscheu: "Es gab Fisch zum Frühstück. Das haut ja den härtesten Inspektor um und ist vermutlich auch die Erklärung für die geringe Bevölkerungsdichte in dieser Gegend hier. Igor hat allerdings jede Menge von dem Fisch vertilgt und dann behauptet, nun sei er wieder fit."

Daraufhin brachte Nanuk die anderen zu dem Hubschrauber. Sie starteten und sichteten bereits nach wenigen Minuten einen ersten Eisbären. Sofort rief Inspektor Rajit: "Das ist Blue! Ich wusste doch, dass wir ihn direkt vor meinen Augen finden."

Igor widersprach: "Nein. Dieser Eisbär sieht nicht so aus wie der, den wir suchen."

Nanuk flog weiter, und auch beim zweiten Eisbären, den sie sahen, rief Inspektor Rajit: "Das ist Blue!"

Entlang der Flugroute tauchten weitere Eisbären auf, und jedes Mal tat Inspektor Rajit so, als habe er Blue entdeckt.

Igor hingegen war in Staunen versunken: "Das ist ja wirklich das reinste Eisbärparadies hier. Ich arbeite zwar jeden Tag mit Eisbären zusammen, aber so habe ich sie noch nie gesehen. Sie sehen hier noch um einiges überzeugender und glücklicher aus als im Zoo."

Auch beim siebten Eisbären wiederholte Inspektor Rajit: "Seht! Dort ist Blue!"

Dönpo wurde es zu bunt, und er herrschte Inspektor Rajit an: "Wir suchen genau einen Eisbären. Allein aus Gründen der Logik kann es sich nicht bei jedem Eisbären Grönlands um Blue handeln."

Inspektor Rajit fauchte zurück: "Pah! In Sachen Logik macht mir keiner etwas vor. Im Polizeipräsidium von Delhi hat man mir sogar einen entsprechenden Ehrentitel verliehen: Schärfster Denker aller Zeiten."

Dönpo umklammerte die Armstützen, bemühte sich um Fassung und fand sich von nun an zähneknirschend damit ab, dass Inspektor Rajit auch weiterhin bei jedem neuen Eisbären behauptete, es sei Blue.

Er war erleichtert, als Igor schließlich auf einen Eisbären deutete und sagte: "Dieser hier könnte aber vielleicht tatsächlich der Richtige sein."

Nanuk steuerte den Hubschrauber auf den Eisbären zu, und Igor feuerte einen Betäubungsschuss ab. Der Bär fing recht bald an zu taumeln und sackte zu Boden. Nanuk landete den Helikopter, und Igor begab sich an die Untersuchung. Die anderen vertraten sich unterdessen neben dem Hubschrauber die Beine. Dönpo nutzte dies, um zu Pandhu zu murmeln: "Inspektor Rajit ist wirklich ein Spinner."

Nach einer Weile kam Igor betrübt von dem Eisbären

zurückgetrottet und erklärte: "Fehlanzeige! Ich fürchte, das wird gar nicht so einfach, Blue unter all seinen vielen Artgenossen herauszufischen, falls er tatsächlich irgendwo hier herumläuft."

Dönpo beschloss, die Initiative zu übernehmen, und verkündete: "Wir müssen die Energien des Universums nutzen. Da ich schon fast damit gerechnet habe, dass es nicht ganz leicht wird, Blue in Grönland wiederzufinden, habe ich etwas vorbereitet. Im Helikopter befindet sich eine indische Fahne. Wir könnten diese an einem bei den Eisbären beliebten Fleck auslegen und gucken, ob es einen Bären gibt, der sich für Indien interessiert."

Dönpos Vorschlag wurde angenommen, und Nanuk flog die Gruppe zu einem kiesigen Strand. Die Fahne, die einige Meter groß war, wurde ausgebreitet und mit Steinen am Boden fixiert. Dann flogen sie auf eine in der Nähe gelegene Anhöhe, von der sie den Strand überblicken konnten. Aber nichts tat sich. Kein Eisbär tauchte auf. Eine Stunde verging, und Inspektor Rajit murmelte zu Pandhu: "Dönpo ist wirklich ein Spinner."

Schließlich erschien allerdings doch noch ein Eisbär. Er steuerte zielstrebig auf die indische Fahne zu, beschnupperte sie, wühlte in dem Stoff herum und blieb dann neben dem entstandenen Knäuel stehen. Alle starrten gebannt auf das Geschehen. Da rief Pandhu plötzlich entsetzt: "Ich glaube, er pinkelt auf die Fahne."

Erfreut gab Dönpo zurück: "Wenn der Bär tatsächlich die Fahne als sein Revier markiert, dann ist das eindeutig ein Zeichen. Dann kann es doch eigentlich nur Blue sein."

Sie eilten zum Hubschrauber und flogen auf den Eisbären zu. Igor platzierte wieder einen Betäubungsschuss und untersuchte nach der Landung den Eisbären, musste aber erneut feststellen, dass es sich nicht um Blue handelte.

Daraufhin erklärte Nanuk, dass im Tank des Helikopters nicht mehr genügend Sprit für weitere Erkundungen sei, und brachte die anderen zurück zur Siedlung. Inzwischen war es später Nachmittag, und die Besucher aus der Ferne wurden für das Abendessen erneut auf die ansässigen Familien verteilt. Schließlich fanden sie auch wieder im Gemeindehaus ihr ruhiges Nachtlager.

Am nächsten Morgen wandte sich Dönpo an Pandhu: "Heute bist du an der Reihe. Du musst entscheiden, welchen Eisbären wir nun überprüfen. Ich hoffe, die Energien des Universums sind auf deiner Seite und du ziehst nicht auch so eine Niete wie ich."

Ein wenig ratlos erwiderte Pandhu: "Aber wie soll ich Blue denn identifizieren? Ich würde ihn bestenfalls dann erkennen, wenn er sich am Kopf kratzen würde."

Also flogen sie wenig später entlang der grönländischen Fjorde und hielten Ausschau nach einem Eisbären, der sich am Kopf kratzte. Nach einiger Zeit fiel ihnen dabei ein Eisbär auf, der auf seinem Hinterteil saß und sich mit beiden Tatzen durch sein Gesicht rieb. Pandhu erklärte: "Wenn ich schon entscheiden muss, dann setze ich auf diesen Bären. Seid ihr damit einverstanden?"

Niemand hatte Einwände. Also wurde der Eisbär durch einen gezielten Schuss betäubt und im Anschluss von Igor untersucht, der aber wieder feststellen musste: "Leider ist es auch diesmal nicht Blue."

31. Kapitel
September 2013 in Grönland

Professioneller Scharfsinn

Dönpo zog Pandhu zur Seite und fragte ihn: "Soll Inspektor Rajit auch einen Eisbären auswählen?"

Pandhu zuckte mit den Achseln und antwortete lakonisch: "Viel schlechter als wir kann er es vermutlich auch nicht machen."

Daraufhin meinte Dönpo: "Okay. Dann sei es so. Und wenn Inspektor Rajit ebenfalls danebengreift, überlassen wir den letzten Versuch Nanuk. Vielleicht kann Blue hier ja nur mit Hilfe einheimischer Energien gefunden werden. Möglicherweise hat das grönländische Amt für Naturschutz das schon geahnt und deshalb angeboten auszuwählen, welche Eisbären überprüft werden sollen."

Inspektor Rajit wurde durch Pandhu aufgefordert, die nächste Wahl vorzunehmen, und erwiderte: "Meinem professionellen Scharfsinn kann sich nichts und niemand entziehen, auch nicht der gesuchte Eisbär."

Kaum war der Helikopter gestartet, sahen sie einen weiteren Eisbären, und Inspektor Rajit rief: "Das ist Blue!"

Dönpo schlug die Hände über dem Kopf zusammen, fügte sich aber in die Entscheidung. Der Eisbär wurde betäubt, und Igor ging zu ihm, um ihn zu untersuchen.

Nach einigen Minuten sprang Igor auf, und dann vollführte er um den Eisbären herum einen Freudentanz. Ungläubig rief Dönpo zu ihm hinüber: "Soll das ein Scherz sein? Das ist doch nicht wirklich Blue, oder?"

Aber Igor bestätigte begeistert: "Doch! Er ist es! Ganz sicher! Es besteht überhaupt kein Zweifel!"

Er warf sich auf den betäubten Bären, fuhr ihm euphorisch mit seinen Händen durch das Fell und raunte ihm zu: "Na, du alter Herumtreiber, haben wir dich erwischt? Bist du uns doch nicht durch die Lappen gegangen?"

Dönpo und Pandhu musterten Inspektor Rajit, der nur ganz trocken von sich gab: "Ich habe natürlich sofort erkannt, dass es sich in diesem Fall nur um den gesuchten Eisbären handeln konnte. Mein kriminalistisches Gespür kennt nun einmal keine Irrtümer."

Verzweifelt entgegnete Dönpo: "Und was war bei all den vorigen Eisbären, die angeblich auch schon Blue gewesen sein sollen? Da haben Sie sich schon geirrt."

Daraufhin schnaubte Inspektor Rajit nur hervor: "Faseln Sie doch nicht so einen Unsinn!"

Dönpo verlor die Fassung. Er sah zum Himmel und stieß einen Schrei aus, in den sich sein Entsetzen über Inspektor Rajit und seine Freude über das Auffinden von Blue mischten. Inspektor Rajit quittierte dies nur mit einem verächtlichen Blick und fragte Pandhu: "Was hat der Spinner denn nun schon wieder?"

Pandhu verzichtete darauf, Dönpos Seelenqualen genauer zu erläutern, und erwiderte lediglich: "Er ist glücklich."

Dann wurde Blues Transport zur Siedlung in Angriff genommen. Die Hinterbeine des Bären wurden mit Gurten umschlungen und mit Hilfe des Hubschraubers so weit angehoben, dass ein Tragenetz unter seinem Leib ausgebreitet werden konnte. Unter dem Helikopter baumelnd wurde der betäubte Blue dann zur Siedlung geflogen. Und mit Unterstützung sämtlicher Dorfbewohner gelang es dort sogar, ihn in seinen Käfig im Frachtflugzeug zu hieven.

Da es erst früher Nachmittag war, lud Nanuk seine ausländischen Besucher daraufhin zu einer Bootsfahrt durch den Fjord ein. Er steuerte mit seinen Gästen an kleineren und größeren Eisbergen vorbei ins Landesinnere bis zur Abbruchkante eines riesigen Gletschers, wo sie die hellgrüne Farbe des Meerwassers bestaunen konnten. Dann fuhr er weiter zu einer kleinen Insel, wo er das Boot ganz langsam an einer Robbenkolonie vorbeitreiben ließ. Und bei der Rückfahrt zur Siedlung waren in der Nähe des Bootes sogar einige Wale zu beobachten. Dönpo stupste Pandhu in die Seite und zeigte wortlos auf Igor, der vor Freude strahlte und für den offenbar ein großer Traum in Erfüllung ging.

Am nächsten Morgen begannen dann nach dem Frühstück die Vorbereitungen für die Abreise der Gäste. Nachdem die Besucher ihre Sachen zusammengepackt hatten, begleitete sie das ganze Dorf zum Flugzeug. Die Piloten machten sich daran, die Maschine zu überprüfen, während Dönpo verkündete: "Eine heikle Aufgabe sollten wir vor unserem Abflug aber noch erledigen: Wir sollten Blue fragen, ob er denn auch wirklich mit uns mitkommen oder doch lieber hier bleiben möchte."

Pandhu reagierte überrascht und wollte wissen: "Und wie finden wir das heraus?"

Dönpo erwiderte: "Hm. Ganz klar ist mir das zwar auch nicht, aber ich habe eine Idee."

Dann holte er die indische Fahne hervor, die bereits an dem grönländischen Strand als Testobjekt hatte herhalten müssen. Er baute sich vor Blue auf, der ganz entspannt in seinem Käfig im Frachtraum des Flugzeuges lag, und schwenkte die Fahne wie ein Torero vor Blues Nase hin und her. Er schaute dem Eisbären direkt in die Augen und fragte mit hypnotisierender Stimme: "Nun, was meinst du? Willst du hier bleiben? Oder willst du mit uns mitkommen?"

Alle blickten gebannt auf Blue, der zunächst keine erkennbare Reaktion zeigte. Mit einer kleinen Verzögerung schob er aber seine rechte Tatze nach vorne und schien nachzudenken. Dann hob er die Tatze langsam an und kratzte sich schließlich in aller Ruhe am Kopf. Zur Verwunderung der Inuit jubelten die Gäste aus der Fremde. Nanuk sagte, er bilde sich ja ein, die Sprache der Eisbären zu verstehen, aber er könne aus Blues Regung nichts über dessen bevorzugten Aufenthaltsort ablesen. Daraufhin erzählte ihm Pandhu vom Eisbär-Casting in Moskau und davon, wie Blue dies gewonnen hatte, indem er sich mehrfach am Kopf gekratzt hatte. Fröhlich fügte Dönpo hinzu: "Das war eben ein untrügliches Zeichen, dass die Energien des Universums keine Kehrtwende vollzogen haben und dass Blue weiterhin der richtige Eisbär für Delhi ist. Es würde die Harmonie im Chaos stören, wenn wir ihn einfach hierlassen würden."

Sogar Igor nickte. Nanuk ließ die Argumentation auf sich wirken und bemühte sich um ein Fazit: "Wenn ich zukünftig einen Eisbären sehe, der sich am Kopf kratzt, soll ich mich also fragen, ob er genau wie Blue aus dem Himmel gekommen ist und nun wieder dorthin zurückwill?"

Die anderen lachten.

Dönpo, Igor, Inspektor Rajit und Pandhu verabschiedeten sich von Nanuk und den anderen Einwohnern der Siedlung und stiegen ins Flugzeug. Kurz darauf startete die Maschine, und die Gäste aus der Fremde ließen die Fjorde und Gletscher Grönlands hinter sich.

Als sie einige Minuten in der Luft waren, warf Igor einen kritischen Blick auf Blue und meinte zu ihm: "Ich glaube, es ist allerhöchste Zeit, dass du ein paar Beruhigungspillen bekommst."

Daraufhin fütterte er ihn mit einigen Müsliriegeln, in die er die Pillen zuvor hineingedrückt hatte, sodass Blue wenig später in seinem Käfig einschlief.

Pandhu sagte: "Wenn wir jetzt nicht ebenfalls im Luftraum über Afghanistan entführt werden, wird es also bald tatsächlich einen Eisbären in Delhi geben. Larissa wird sich bestimmt sehr darüber freuen, dass ihre Idee trotz aller Hindernisse Wirklichkeit wird."

Dönpo pflichtete ihm bei: "Die Energien des Universums waren auf unserer Seite. Wir hatten großes Glück, dass wir Blue gefunden haben."

Inspektor Rajit hatte zugehört und warf protestierend ein: "Was heißt hier Glück? Das war kein Glück, das war Können, wie es nur aus langjähriger professioneller Erfahrung als Kriminalermittler erwächst."

Dönpo entgegnete trocken: "Nein. Das war es nicht!"

Inspektor Rajit schnaubte: "Sie haben wirklich überhaupt keine Ahnung. Aber Sie tun so, als hätten Sie die Weisheit für sich gepachtet. Was für eine Überheblichkeit! Und wenn Sie schon von den Energien des Universums faseln, dann sollten Sie wenigstens anerkennen, dass sich diese Energien in meiner Person manifestiert haben."

Kopfschüttelnd erwiderte Dönpo: "Das ist in der Tat sehr erstaunlich."

Ein wenig später murmelte er zu Pandhu: "Warum ist das Chaos nur so chaotisch, dass sich die Harmonie im Chaos manchmal genau an der falschen Stelle entfaltet? Wie kann sich die Harmonie in Inspektor Rajit manifestieren? Verliert sie vielleicht manchmal die Übersicht im Chaos? Oder warum schießt sie bisweilen derart widersinnige Eigentore? Dass die Harmonie auch nur ein Chaot ist, mag ich ja eigentlich nicht glauben. Oder sollte ich mein Seminar umbenennen? Vielleicht wäre es besser, wenn es heißen würde: Das Chaos in der Harmonie."

Pandhu versuchte, Dönpo zu besänftigen, indem er flüsterte: "Die Harmonie des Chaos hat eben ein großes Herz. Sie hat beschlossen, sich auch einmal Inspektor Rajits zu erbarmen."

Dönpo entgegnete: "Wenn Inspektor Rajit wenigstens begreifen würde, wie gut es die Energien des Universums bei der Suche nach Blue mit ihm gemeint haben. Aber nein. Sein Ego ist der Weltenlenker."

Dann schob er seine Grübeleien zur Seite und unterhielt sich mit Pandhu über dessen Wahlkampf.

Abends machte das Flugzeug einen Zwischenstopp in Wien. Dönpo verließ die Maschine, und die anderen flogen weiter durch die Nacht nach Delhi. Der dortige Flughafen wurde über die zu erwartende Ankunftszeit ins Bild gesetzt und auf besonderen Wunsch von Pandhu gebeten, diese Information auch an Nirmala weiterzugeben.

Igor gab auch Inspektor Rajit und Pandhu jeweils eine der Beruhigungspillen für Eisbären. Das Medikament entfaltete seine Wirkung, sodass die Passagiere im Frachtraum während der folgenden Stunden meist schliefen.

32. Kapitel
September 2013 in Delhi

Der erste Auftritt

Früh am Morgen des nächsten Tages landete die Maschine auf dem Flughafen von Delhi. Nirmala und Franz waren zur Begrüßung erschienen. Und auch die indische Presse war versammelt und überschüttete Pandhu mit Fragen: "Wie kalt war es denn in Grönland? Gibt es dort etwa mehr Schnee als im Schneehaus von Delhi? Hat sich Blue auch in Grönland am Kopf gekratzt? Was wird Sanjay zu alledem sagen?"

Pandhu antwortete geduldig und verwies auf die gute Zusammenarbeit aller bei der Aktion Beteiligten.

Nirmala dagegen schaute sich Blue in seinem Käfig neugierig von allen Seiten an und flüsterte ihm zu: "Da bist du ja endlich! Du hast es ja ganz schön spannend gemacht. Hoffentlich freust du dich, dass es hier in Delhi sehr viel mehr Menschen gibt, die auf dich warten, als in Grönland. Und vergiss bitte nicht, dass man von dir erwartet, dass du dich hin und wieder am Kopf kratzt!"

Blue wurde in seinem Käfig auf einen Lastwagen verfrachtet und zusammen mit Igor zum Zoo von Delhi gebracht. Um ihm die Anpassung an sein neues Leben im Schneehaus zu erleichtern, waren für ihn nun zunächst zwei Tage Ruhe vorgesehen, bevor ihn die ersten Besucher zu Gesicht bekommen sollten.

Pandhu ließ Inspektor Rajit am Flughafen zurück und fuhr mit Nirmala und Franz zum Rathaus von Delhi. Während der Fahrt berichtete Nirmala: "Ich habe gehört, Sanjay soll vor

Wut komplett ausgerastet sein, als er erfahren hat, dass ihr Blue in Grönland aufgespürt habt. Die Presse findet deine Expedition aber super. Dein Image wandelt sich langsam vom bemühten Bürokraten zum furchtlosen Retter."

Und sie hatte weitere Neuigkeiten: "Larissa und der Bürgermeister von Moskau kommen übermorgen in der Frühe nach Delhi. Sie wollen dabei sein, wenn Blue der indischen Öffentlichkeit vorgestellt wird."

Franz ergänzte: "Larissa will ein paar Tage hierbleiben und dabei natürlich auch mit eigenen Augen erkunden, wie sich die Geschäfte von Baikal-Eis in Indien entwickeln. Ich denke, sie wird zufrieden sein und bestätigt finden, was ihr die ersten guten Geschäftszahlen schon sagen. Boris, dein Moskauer Amtskollege, wird sich dagegen nur für einen halben Tag in Delhi aufhalten und möchte nicht nur Blue im Schneehaus sehen, sondern darüber hinaus zusammen mit dir der Unterzeichnung einiger Verträge beiwohnen, die ich mit ein paar indischen und russischen Unternehmen vorbereitet habe und die den Handel zwischen den beiden Ländern weiter ausbauen werden."

Nirmala fügte hinzu: "Boris kommt mit seinem Privatflugzeug und nimmt Larissa darin mit. Acht Stunden nach der Ankunft fliegt er dann weiter nach Hongkong."

Am Morgen des übernächsten Tages fuhr Pandhu also mit Nirmala und Franz zum Flughafen von Delhi, um Larissa und Boris in Empfang zu nehmen. Nach der Ankunft der Maschine begrüßten sich alle herzlich. Dabei sagte Pandhu zu Boris: "Darf ich dir Franz vorstellen, den Chef der Delhi-Moskau-Banking-Corporation."

Boris schüttelte Franz wohlwollend die Hand und meinte zu ihm: "Ich habe ja schon einiges von dir gehört und finde es schön, dass wir uns nun auch persönlich kennenlernen. Du solltest wirklich bald einmal nach Moskau kommen und dort eine Zweigstelle deiner Bank eröffnen. Es kann doch wohl nicht sein, dass man in den Moskauer Unternehmen stets zum Telefon greifen oder nach Delhi fliegen muss, wenn man mit dir sprechen will. Überhaupt bist du mir noch etwas schuldig. Meine Schwester hat nämlich einige Rubel in die Taiga geschossen mit Wertpapieren der österreichischen Privatbank, deren Inhaber du einmal warst. Aber Schwamm darüber. Wenn du den russisch-indischen Handel weiterhin so gut voranbringst wie in den vergangenen Wochen, dann habe ich vielleicht sogar eine Mardermütze für dich."

Franz wollte schon etwas erwidern, aber Boris wandte sich Pandhu zu und verkündete: "Apropos Mardermütze. Ich habe inzwischen einen neuen Fernseher. Mit kugelsicherer Frontscheibe!"

Dann fuhr Pandhu mit den anderen zum Zoo von Delhi. Sie passierten das bereits für das Publikum geöffnete Eingangstor, spazierten durch die neugierige Menschenmenge und gingen zum Schneehaus. Boris musterte die riesige weiße Halle und stellte zufrieden fest: "Die passt doch ganz hervorragend hierher. Gut, dass ich General Shuslosnow das Ding abgeknöpft habe."

Pandhu erwiderte: "Die Stadt Delhi bedankt sich ganz herzlich, sowohl bei dir als auch bei General Shuslosnow."

Sie betraten die Halle und gelangten in die von Amanda und Franz gestaltete Schneelandschaft. Sie liehen sich Schneejacken und Schneeschuhe und wanderten zwischen den zahlreichen anderen Besuchern umher. Um keinen Blackout von Boris zu riskieren, hatte Pandhu die Mardermütze, die ihm sein Amtskollege geschenkt hatte, vorsorglich zu Hause gelassen. Leise rieselten die Flocken aus den Schneekanonen, und einige Gäste warfen mit Schneebällen. Larissa war begeistert: "Was für eine wunderschöne Schneewelt. Da können sich die Einwohner Delhis aber wirklich freuen."

Boris pflichtete ihr bei: "Wie Russland im Winter. Eine Märchenlandschaft."

Pandhu wies auf den maßgeblichen Einfluss von Franz auf die Gestaltung der Schneelandschaft hin, woraufhin Boris verwundert zu diesem meinte: "Du bist ein komischer Bankier. Geld lässt du schmelzen, aber Schnee häufst du an."

Schmunzelnd erwiderte Franz: "Vielleicht ist ja die Schneekunst meine wahre Bestimmung und gar nicht das Bankgeschäft."

Blues erster Auftritt vor der indischen Öffentlichkeit war bis zum Eintreffen von Pandhu und dessen Gästen hinausgezögert worden. Nun ertönte in der Schneehalle eine Fanfare, und die vielen dort versammelten Menschen blickten gespannt auf das Eisbärgehege, das sich hinter einer massiven gläsernen Absperrung an die Schneelandschaft anschloss.

Da erschien Blue. Die Zoobesucher klatschten begeistert und fotografierten und filmten die Premiere. Blue wanderte zunächst in seinem Gehege hin und her. Manchmal blieb er stehen und blickte zum Publikum. Einige Besucher begannen, sich demonstrativ am Kopf zu kratzen. Eine Weile sah Blue regungslos dabei zu. Dann schüttelte er den Kopf, drehte sich um, kehrte den Besuchern noch eine Zeit lang sein Hinterteil zu und zog sich schließlich in einen Bereich seines Geländes zurück, der ihm ein wenig Abschirmung bot.

Pandhu gab ein Interview, in dem er seine Freude über Blues ersten Auftritt in Delhi zum Ausdruck brachte, mehrfach auf die Anwesenheit des Moskauer Bürgermeisters hinwies und den harmonischen Lauf der Dinge pries. Daraufhin kamen von den Reportern auch einige Fragen an Boris, der die gute Zusammenarbeit der beiden Städte lobte und schließlich zu unverhohlener Werbung überging: "Ich hoffe doch sehr, dass Pandhu noch möglichst lange Bürgermeister von Delhi bleibt und Baikal-Eis zur beliebtesten Eiscreme in Indien wird."

Larissa murmelte zufrieden zu Pandhu: "Besser kann es doch gar nicht laufen, oder? Was wollen wir mehr?"

Auch Igor, der zunächst im Eisbärgehege hinter den Kulissen geblieben war, gesellte sich zu Pandhu und den anderen. Nirmala erkundigte sich bei ihm: "Wie lebt sich Blue denn bisher ein?"

Igor erklärte: "Kein Problem. Blue findet sich anscheinend überall zurecht. Egal, ob in Moskau, in Grönland oder hier in Delhi. Er hat wahrlich ein dickes Fell."

Alle schauten sich weiter neugierig in der Schneelandschaft um, und Blue präsentierte sich nochmals ausgiebig dem Publikum. Erst lief er ein bisschen in seinem Gehege hin und her, dann setzte sich auf sein Hinterteil, und schließlich tat er sogar genau das, was alle von ihm erwarteten: Ganz langsam hob er eine Tatze zum Kopf und kratzte sich in aller Ruhe zwischen den Ohren. Begeisterter Applaus der indischen Besuchermenge brandete auf.

Dann ging es für Pandhu und die anderen wieder hinaus ins Freie, wo Larissa sich vorerst mit einem kurzen Blick auf das Cafe von Baikal-Eis am anderen Ende der Schneehalle begnügen musste, denn Pandhu hatte einen anderen Plan.

Er fuhr mit Larissa, Nirmala, Boris und Franz zu einem beliebten Restaurant in der Nähe des Rathauses, wo ein buntes indisches Mittagessen aufgetischt wurde.

Während sie speisten, nutzte Pandhu die Gelegenheit und erkundigte sich bei Boris, ob dieser für ihn einen Tipp für die bevorstehenden Wahlen habe. Boris antwortete: "Das Wichtigste ist, das Wahlergebnis keinesfalls dem Zufall zu überlassen. In Russland wird jedes Wahlergebnis gründlich vorbereitet. Das hat bei uns eine lange Tradition und hat sich hervorragend bewährt. Denn die Erfahrung lehrt: Wenn bei einer Wahl das richtige Ergebnis herauskommen soll, sollte man sich bestimmt nicht allein auf die Wähler verlassen."

Pandhu verkniff es sich, Boris darüber aufzuklären, dass sich dessen Sicht nicht nahtlos auf Indien übertragen ließ.

Zum Abschluss des Mittagessens wurde schließlich jedem Gast ein kleines kaltes Päckchen gereicht. Auf Vorder- und Rückseite prangte jeweils ein weißer Eisbär auf blauem Grund, und darunter war zu lesen: "Baikal-Blue." Neugierig wurden die Verpackungen aufgerissen, und zum Vorschein kam ein bläuliches halb-transparentes Eis am Stiel. Erst wurde der Anblick ausgiebig bewundert, aber nach und nach gingen alle dazu über, genüsslich an ihrem Nachtisch zu schlecken, und Larissa war ganz gerührt.

Dann ging es weiter ins Rathaus von Delhi, wo sich unter der Schirmherrschaft von Boris und Pandhu die von Franz eingefädelte Unterzeichnung einiger Verträge zwischen indischen und russischen Unternehmen anschloss. Wie am Morgen im Zoo war neben anderen Gästen auch bei diesem Ereignis die einschlägige Presse zugegen. Erst hielt Boris eine Rede, und dann sprach auch Pandhu, der insgeheim darüber staunte, wie viele Menschen Franz zu diesem Ereignis zusammengebracht hatte. Er vermutete allerdings zu Recht, dass Nirmala dabei ganz entscheidend mitgeholfen hatte.

Im Anschluss machte er mit Boris dann noch eine Stadtrundfahrt durch Delhi. Als er ihn schließlich am Flughafen ablieferte und sich von ihm verabschiedete, meinte der Moskauer Bürgermeister: "Nett war das. Lass dich wiederwählen! Dann treffen wir uns von nun an häufiger."

Und kurz darauf begab sich Boris in seinem Privatflugzeug auf die Weiterreise nach Hongkong.

33. Kapitel
September bis November 2013 in Delhi

Wahltag

Am nächsten Tag beherrschte Blue die Titelseiten der Zeitungen in Delhi. Daneben präsentierte die Presse aber auch neueste Umfrageergebnisse zur Wahl des Bürgermeisters, die in nunmehr fünf Wochen bevorstand. In einem Blatt war sogar zu lesen, Pandhu habe nunmehr die Rolle des Favoriten zurückerobert. Andere Zeitungen sahen allerdings weiterhin ein Kopf-an-Kopf-Rennen zwischen ihm und Sanjay.

Die Verbindungen zwischen Sanjay, dem afghanischen Stammesfürsten, dem internationalen Drogenhandel und der Entführung von Larissa und Blue, die inzwischen schon eine ganze Weile in den Nachrichten kursierten, hatten Sanjay und dessen Shiva-Tigers in der öffentlichen Wahrnehmung weniger geschadet, als Pandhu gehofft hatte. Viele Menschen in Delhi mochten einfach nicht an eine gemeinschaftliche Flugzeugentführung durch Sanjay und einen afghanischen Stammesfürsten glauben. Das lag auch daran, dass es Inspektor Rajit und John nicht gelungen war, eindeutige Beweise für ihren Verdacht vorzulegen.

Sanjay musste sich zwar von Inspektor Rajit zu seinen

Beziehungen zu dem Stammesfürsten befragen lassen, erklärte aber nur kalt lächelnd: "Wir kennen uns einzig und allein durch mein langjähriges Engagement für den Frieden in Afghanistan."

Bei den nächtlichen Zusammenkünften der Shiva-Tigers versammelten sich weiterhin große Menschenmengen, um in bunten Gewändern bei Trommelschlag und Feuerschein bis zur völligen Erschöpfung zu tanzen. Sanjay ließ sich von einer derartigen Orgie zur nächsten fahren und von seinen Anhängern als den kommenden Retter Delhis feiern.

Larissa beobachtete neben ihren Geschäften gespannt den Fortgang der Ermittlungen. Da aber ihre Hoffnung auf eine zweifelsfreie Offenlegung der Hintergründe ihrer Entführung schwand, klagte sie gegenüber Pandhu: "Irgendjemand hat vor einigen Monaten Bakterien in meine Eiscreme gekippt, und bis heute ist kein Schuldiger verhaftet worden. Dann hat man mich in diesem Jahr sogar auch noch gekidnappt, und wieder lässt sich niemand dingfest machen. Das ist nicht fair."

Aufmunternd erwiderte Pandhu: "Aber vergiss nicht, dass es auch Harmonie im Chaos gibt! Dein Eiscremegeschäft in Indien läuft doch wirklich ganz hervorragend an."

Larissas Miene hellte sich auf: "Das stimmt. Baikal-Eis kommt bei deinen Landsleuten viel besser an, als ich zu hoffen gewagt hatte. Und es ist schön, dass Blue hier in Delhi ein neues Zuhause gefunden hat und nebenbei Werbung für meine Eiscreme macht. Baikal-Eis wird übrigens drei weitere Cafes in Delhi eröffnen. Bis es so weit ist, kann ich allerdings nicht mehr hier bleiben können. Übermorgen werde ich zusammen mit Igor zurück nach Moskau fliegen. Diesmal nehmen wir aber kein Frachtflugzeug von Ganesha-Airways, sondern einen ganz normalen Linienflug."

Daraufhin lud Pandhu Larissa, Igor, Franz und Nirmala tags darauf noch zu einem gemütlichen Abendessen in sein Lieblingsrestaurant ein, und am folgenden Morgen reisten Larissa und Igor ab.

Pandhu stürzte sich in die heiße Phase des Wahlkampfes und eilte nun beinahe rund um die Uhr von einem Auftritt zum nächsten. Jeden Tag hielt er Reden über die Fortschritte Delhis und kämpfte gegen Sanjays Wahn. Wenn er einmal zwischen zwei Terminen im Rathaus vorbeischaute, sagte Nirmala nur zu ihm: "Was willst du hier? Husch, husch, zeig dich den Wählern. Meine Stimme kriegst du sowieso."

Sanjay dagegen hielt an seiner Strategie fest, von der Not der Menschen zu reden und den Einwohnern Delhis eine Wiedergeburt in einem angenehmeren Leben zu versprechen. Seine Pläne für eine Verbesserung des Diesseits blieben vage. Einige Zeitungen entschlossen sich daher, offen Partei für Pandhu zu ergreifen und den Wert von Infrastruktur und Wachstum hervorzuheben. Auch viele Unternehmen in Delhi fanden die Vorstellung, Sanjay könne die Wahl gewinnen, ziemlich bedrohlich und unterstützen Pandhus Wahlkampf vermehrt durch Spenden.

Einen Tag vor der Wahl erschien dann im Zoo bei Blue ein Fernsehteam. Ein Moderator verkündete vor laufender Kamera: "Liebe Zuschauer, willkommen bei der Befragung des Orakels von Delhi! Ich stehe hier im Schneehaus unseres Zoos und wende mich nun an Blue, unseren Eisbären aus Russland, und frage ihn: Was ist deine Vorhersage? Wer wird morgen die Wahl zum Bürgermeister gewinnen?"

Daraufhin präsentierten zwei Assistenten des Moderators aus unterschiedlichen Richtungen Plakate mit den Gesichtern von Sanjay und Pandhu. Nachdem er erst nicht mitmachen wollte, setzte sich Blue vor das Portrait von Sanjay und musste niesen. Dann erhob er sich, nahm vor Pandhus Foto Platz und betrachtete es eine Weile. Schließlich hob er langsam eine Tatze und kratzte sich am Ohr. Die Zoobesucher klatschten, und der Moderator rief in die Kamera: "Wie sollen wir das werten? Setzt er etwa voll auf Pandhu?"

Am nächsten Morgen öffneten die Wahllokale. Umringt von vielen Reportern gab Pandhu im Rathaus von Delhi seine Stimme ab, und etwas später ging auch Nirmala wählen.

Dönpo rief an und erklärte: "Ich drücke dir ganz fest die Daumen. Das Räucherstäbchen, das ich gerade abgebrannt habe, war zwar ein wenig nervös. Aber nicht jedes Räucherstäbchen hat genug Verstand, um das Große und Ganze zu reflektieren. Die Energien des Universums sollten auf deiner Seite sein und heute ihren Weg zu dir finden."

Als die Wahllokale schlossen, begann das Auszählen der Stimmen. Erste Hochrechnungen flackerten über die Bildschirme. Einige der Kommentatoren mochten sich aber nicht sofort auf einen eindeutigen Sieger festlegen. Doch letztlich behielt Dönpo Recht. Pandhu gewann die Wahl. Das Ergebnis war zwar knapp, aber am Ende hatte Pandhu einen kleinen, aber eindeutigen Vorsprung. Nicht nur er war heilfroh, auch Nirmala fiel ein Stein vom Herzen. Sie atmete tief durch und meinte: "Das ist ja gerade noch mal gut gegangen."

Einige Tage lang nahm Pandhu von allen Seiten Glückwünsche entgegen. Auch Inspektor Rajit gratulierte, wobei er nicht versäumte, sich selbst zu loben: "Seien Sie froh, dass Sie mich haben! Wenn ich Blue nicht in Grönland gefunden hätte, dann hätten wir jetzt einen Entführer und Drogenhändler als Bürgermeister, und Sie wären erst mal weg vom Fenster."

Erst nach und nach zog wieder Normalität in die alltägliche Arbeit der Stadtverwaltung von Delhi ein.

Eine Woche nach Pandhus Wiederwahl kam Franz zu einem Besuch ins Rathaus. Zunächst plauderte er ein wenig mit Nirmala: "Wie sollen wir dir nur alle danken? Du hast und uns alle miteinander gerettet. Denn du hast Pandhu vor einem halben Jahr nach Österreich geschickt. Du hast das indische Fernsehen dazu gebracht, das Eisbär-Casting als große Live-Show zu übertragen. Und ohne dich wäre es wohl kaum gelungen, Baikal-Eis und meine neue Bank hier in Indien ans Laufen zu bringen. Wenn wir dich nicht hätten, Nirmala, dann sähe die Welt heute längst nicht so rosig aus. Ich würde dich ja gerne als Mitarbeiterin für meine Bank abwerben, aber das kann ich Pandhu wohl nicht antun. Er braucht dich dringender als ich bei seiner Suche nach der Harmonie im Chaos."

Nirmala bemühte sich, die lobenden Worte ein wenig zu relativieren, und meinte: "Aber es war ein Fehlgriff von mir, Ganesha-Airways zu beauftragen."

Franz widersprach: "Das war kein Fehlgriff, sondern weise Voraussicht mit dem Ziel, Blue und Pandhu eine viel beachtete Grönland-Reise zu bescheren."

Nirmala lachte und brachte Franz zu Pandhu, der ihn fröhlich begrüßte und fragte: "Na, wie laufen die indisch-russischen Geschäfte?"

Zufrieden gab Franz zurück: "Ich kann nicht klagen. Noch habe ich meine neue Bank nicht vor die Wand gefahren. Eher im Gegenteil. Ich habe hier in Delhi inzwischen sogar schon drei Inder als Mitarbeiter eingestellt. Und übermorgen fliege ich nach Moskau und werde dort eine Zweigstelle eröffnen. Larissa überlässt mir dafür einen ihrer besten Leute.

Auch Amanda wird nach Moskau kommen. Denn Boris, deinem Moskauer Amtskollegen, hat die Schneewelt im Zoo von Delhi so gut gefallen, dass Amanda und ich nun neben seiner Datscha ein kleines Alpen-Dorf errichten sollen, mit dem Boris in diesem Winter seine Gäste beeindrucken will. Ich freue mich jedenfalls schon sehr darauf, zusammen mit Amanda ein neues Werk zu gestalten.

Von Moskau aus werde ich dann erst einmal nach Österreich weiterreisen. Es ist zwar wirklich nett hier in Delhi, aber ein bisschen Heimweh habe ich inzwischen doch. Ich plane, dann zunächst bis Januar in Österreich zu bleiben, und werde mich von meinem Schlösschen in der Steiermark aus um die Geschäfte der Delhi-Moskau-Banking-Corporation kümmern. Aber mach dir keine Sorgen! Zweifelsohne werde ich auch im nächsten Jahr wieder häufig in Delhi sein."

Pandhu wünschte Franz daraufhin viel Erfolg in Moskau und eine schöne Zeit daheim in Österreich und bedankte sich bei ihm für all seine Unterstützung. Er bat ihn, Amanda und Boris Grüße auszurichten, und gab ihm zum Abschluss noch mit einem Lächeln auf den Lippen den Tipp, auf dem Grundstück von Boris nur ja keine Mardermütze zu tragen.

In den folgenden Wochen nutzte Pandhu dann den Beginn seiner zweiten Amtszeit als Bürgermeister von Delhi, um neue Initiativen für die Weiterentwicklung der indischen Hauptstadt auf den Weg zu bringen. Und er nahm mit Befriedigung zur Kenntnis, dass auch weiterhin unzählige Einheimische Blue und das Schneehaus sehen wollten.

34. Kapitel
Januar 2014 in Österreich

Schnee

Zeit verging, und ein neues Jahr brach an. Im Rathaus von Delhi nahm der Alltag seinen gewohnten Gang. Da kam Nirmala Mitte Januar zu Pandhu geeilt und wedelte mit einem Blatt Papier: "Was glaubst du wohl, was ich hier habe?"

Lächelnd erwiderte Pandhu: "Ich habe keine Ahnung. Aber ich denke, du wirst es mir verraten."

Daraufhin verkündete Nirmala: "Man hat mich nach Österreich eingeladen. In meiner Einladung steht, dass ich mich mit eigenen Augen davon überzeugen soll, dass es nicht nur im Zoo von Delhi Schnee gibt."

Pandhu erwiderte: "Das ist aber nett. Dahinter kann doch eigentlich nur Franz stecken, oder?"

Nirmala nickte: "So ist es. Franz möchte, dass ich ihn besuche. Er hat sogar ein Flugticket beigelegt."

Pandhu freute sich mit Nirmala und meinte: "Du hast es dir wirklich redlich verdient."

Daraufhin zog Nimala mit verschmitztem Lächeln einen noch ungeöffneten Brief hervor: "Auch für dich ist Post gekommen."

Pandhu riss den Brief auf und las den Inhalt laut vor: "Lieber Pandhu! Amanda und ich laden dich ganz herzlich ein, uns vom 27. bis 30. Januar in der Steiermark zu besuchen. Wir möchten zusammen mit dir feiern. Denn es gibt einen freudigen Anlass: Wir haben an Silvester geheiratet! Angesichts unserer einvernehmlichen Gestaltung der Schneelandschaft in Delhi und des Alpen-Dorfes in Moskau haben wir beschlossen, uns an weitere gemeinsame Projekte zu wagen. Dönpo und seine Frau Maximiliane, sowie Larissa und John haben wir ebenfalls eingeladen. Ich hoffe, ihr kommt alle und du bringst Nirmala mit. Liebe Grüße von Amanda und Franz."

Pandhu sah von dem Brief auf und meinte zu Nirmala: "Das ist aber eine schöne Nachricht. Dann dürfen wir also wohl gemeinsam nach Österreich fliegen. Aber wer kümmert sich denn dann während unserer Abwesenheit um Delhi?"

Augenzwinkernd antwortete Nirmala: "Sollen wir Sanjay fragen, ob er uns so lange vertritt?"

Nirmala und Pandhu mussten lachten.

Zwei Wochen später flogen die beiden mit der österreichischen Fluggesellschaft nach Wien. Dort wurden sie am Flughafen nicht nur Dönpo und dessen Frau Maximiliane, sondern auch von Larissa und John begrüßt. Dönpo freute sich sehr, endlich auch einmal Nirmala kennenzulernen.

Pandhu meinte derweil zu John: "Ohne deinen Einsatz als Cyber-Agent hätten wir Blue niemals wiedergefunden. Wie schön, dass auch du die weite Anreise nicht gescheut hast und der Einladung von Franz gefolgt bist."

John erwiderte gelassen: "Jetzt im Januar ist sowieso nicht viel los auf meinem Campground in Arizona."

Dann führte Dönpo die anderen zu einem Kleinbus, den er gemietet hatte. Nachdem alle eingestiegen waren, steuerte er durch das winterliche Österreich in Richtung Steiermark. In großen Flocken schneite es vom Himmel. Dönpo ließ sich von dem Schneegestöber aber nicht irritieren. Nirmala dagegen wäre am liebsten aus dem Wagen gesprungen, um durch die weiße Pracht zu tanzen. Dönpo gelang es nur mit

Mühe und Not, sie zu bremsen, indem er versprach: "Bei Amanda und Franz gibt es noch viel mehr Schnee."

Nach einer Weile verließen sie die Autobahn. Es ging aufwärts in höher gelegene Regionen, und die Schneedecke neben der geräumten Fahrbahn wurde immer mächtiger.

Nachdem sie durch einige tief verschneite Städte und Dörfer gefahren waren, hielt Dönpo schließlich neben einem steinernen Torbogen an. Auf der linken Seite des Bogens stand: "Blümlisau." Und auf der rechten Seite war zu lesen: "Privatbesitz. Kein Durchgang." Dönpo verkündete: "Sieh an. Wir sind da." Und er steuerte den Kleinbus durch das Tor.

Vor ihnen lag ein Haus mit lauter Türmchen, Erkern und Balkonen, das aussah wie eine kleinere, schneebedeckte Ausgabe des Berghotels von Bad Zwergerl.

Amanda und Franz erschienen auf der Veranda und begrüßten ihre Gäste, und die Besucher gratulierten ihnen fröhlich zu ihrer Hochzeit. Die Ankömmlinge wurden ins Haus geleitet, und Franz veranstaltete eine kleine Führung durch das verwinkelte Gemäuer seiner Ahnen.

Dann staffierten sich alle mit Winterkleidung aus, um den Garten zu besichtigten. Pandhu holte seine Mardermütze hervor und setzte sie auf, woraufhin Franz ihn in die Seite knuffte, ebenfalls eine Mardermütze präsentierte und sagte: "Schau! Nun habe ich auch so ein schickes Teil."

Pandhu fragte: "Auch von Boris?" Und Franz nickte.

Im Garten ließ sich Nirmala zunächst freudestrahlend in den Schnee fallen und baute dann zusammen mit John aus den weißen Flocken einen gut erkennbaren Eisbären.

Später gab es Abendessen. Als Vorspeise wurde ein bunter Salat serviert, der aus Blättern, Nüssen und Obst bestand. Dönpo stocherte prüfend darin herum und meinte zu der neben ihm sitzenden Larissa: "Seltsame Zutaten. Erst im Mund zeigt sich die Harmonie im Chaos, nicht wahr?"

Larissa fiel fast die Gabel aus der Hand, dann wandte sie sich an Dönpos Frau Maximiliane: "Wie hältst du es bloß tagein, tagaus mit Dönpo aus? In Moskau hätte ich ihn wegen seiner durchgeknallten Sprüche beinahe schon aus dem Restaurant werfen lassen."

Maximiliane erwiderte lächelnd: "Manchmal hat man es in der Tat nicht ganz leicht mit ihm." Dönpo kicherte, und Maximiliane ergänzte: "Aber man kann ihn bremsen. Man kann sich zum Beispiel nach Inspektor Rajit erkundigen." Und mit diesen Worten blickte sie fragend zu Pandhu.

Daraufhin erzählte dieser: "Inspektor Rajit hat inzwischen ganz Indien davon überzeugt, dass er und nur er Blue in Grönland wiedergefunden hat. Der indische Innenminister hat ihm sogar einen Orden verliehen."

Dönpo war schockiert und gab zur allgemeinen Erheiterung einige Anekdoten zur Grönland-Expedition zum Besten. Larissa berichtete daraufhin von Igor, der nicht länger beim Moskauer Zoo beschäftigt war, sondern seiner inneren Stimme gefolgt und in Nanuks Siedlung in Grönland gezogen war, um dort als Ranger zu arbeiten.

Nach dem Abendessen bekamen Amanda und Franz schließlich als Hochzeitsgeschenk einen gerahmten blauen Pappbogen überreicht mit einem weißen Tatzenabdruck von Blue und der Aufschrift: "Herzliche Glückwünsche und alles Liebe von Blue!"

Inhalt